光明社科文库 |

牛津随笔录

李中建◎著

光明日报出版社

图书在版编目（CIP）数据

牛津随笔录 / 李中建著. -- 北京：光明日报出版社，2020. 2

（光明社科文库）

ISBN 978-7-5194-5623-8

Ⅰ. ①牛… Ⅱ. ①李… Ⅲ. ①社会科学—文集 Ⅳ. ①C53

中国版本图书馆 CIP 数据核字（2020）第 024458 号

牛津随笔录

NIUJIN SUIBILU

著　　者：李中建

责任编辑：李壬杰　　责任校对：周春梅

封面设计：中联学林　　责任印制：曹　净

出版发行：光明日报出版社

地　　址：北京市西城区永安路 106 号，100050

电　　话：010-63139890（咨询），010-63131930（邮购）

传　　真：010-63131930

网　　址：http://book.gmw.cn

E - mail：lirenjie@gmw.cn

法律顾问：北京德恒律师事务所龚柳方律师

印　　刷：三河市华东印刷有限公司

装　　订：三河市华东印刷有限公司

本书如有破损、缺页、装订错误，请与本社联系调换，电话：010-63131930

开　　本：170mm×240mm

字　　数：260 千字　　印　　张：14.5

版　　次：2020 年 2 月第 1 版　　印　　次：2020 年 2 月第 1 次印刷

书　　号：ISBN 978-7-5194-5623-8

定　　价：78.00 元

自　序

受国家留学基金委的资助，我于2017年9月初，赴英国牛津大学进行一年的访学生活。

英国是一个“老牌的”资本主义国家，在经历了惨烈的“一战”“二战”之后，英国的国力和影响力已经大不如前，但英国仍然在国际舞台上有着不可忽视的影响。另外，英国的绅士精神被世界各地称赞，英语是最重要的国际性语言，英国教育开创并保持了高等教育上的领先地位，英国的环境曾经受工业化影响污染严重，但现在的环境保护、生态修复亦有很多可圈可点之处。所有这些，在去英国之前，都令我很好奇。

牛津是一个较为纯正和典型的英国社区，是全面了解英国经济社会状况的极好观察窗口。

一旦走出国门，就会强烈地意识到：祖国的地位、命运对每一位中华儿女都至关重要，而要更好地实现“中国梦”，就需要全面汲取世界上的优秀文明成果。本书记录了我在牛津学习生活的一年时间里，经历到的、见到的、想到的点点滴滴，有对英国社会秩序、风俗习惯的观察与思考，有对英国生态环境现状的观察与记录，更多的，是对中外社会治理上的对比思考。由于国情迥异、发展阶段不同，英国的做法，拿到中国未必就适用，但即使到了国外，也能感受到祖国飞速发展的步伐，因而对中国特色社会主义更充满了信心。

本书以第一人称的口吻叙述了在英国牛津的观察、体验和思考，不泛泛而谈，也不盲目浮夸，原汁原味地描述了对我们略显异域的英国风土人情，希望对读者有益。

李中建

2019 年 7 月 27 日于河南郑州

目　录
CONTENTS

第一章

小驻欧洲

一、匆忙中走过的史基浦机场

史基浦机场（Schiphol Airport），是荷兰的主要机场，位于荷兰首都阿姆斯特丹西南 17.5 千米处，机场的官方英文名称为 Amsterdam Airport Schiphol。

史基浦机场是欧洲的主要门户机场，在客运和货运吞吐量方面，与英国伦敦的希思罗机场、德国的法兰克福国际机场、法国巴黎的戴高乐机场和西班牙马德里的巴拉加斯国际机场并驾齐驱。

因为着急赶路，只在史基浦机场短暂停留，在此简单描述一下对机场的印象：

（一）现代感突出

候机大厅干净、整洁、明亮，可惜当时忘记拍内部，只拍了个外景，还好，外面光线不错。

在候机大厅里，窗明几净，机场忙而不乱，分区很多，旅人要注意看电子屏幕，以免耽误旅程。

现代感很强的是，在机场下了飞机后，手机能自动连接免费的 Wi-Fi，以便于客人查询线路和联系朋友。而伦敦机场需要填写邮箱才能认证连接，布鲁塞尔机场则要提供更多的信息才能连接 Wi-Fi（绝大多数国际旅客刚下飞机，如果没开通国际流量的话，不管程序多么复杂，最终都得连上机场的 Wi-Fi）。

从对比中能感受到，史基浦机场的便利化程度更高，更能体现以人为本。

（二）些许中国元素

机场最大的中国元素，当属中国工商银行那个巨大的户外广告牌了：

这个广告牌的设计构思极为巧妙，喜爱琢磨英语的可以钻研下。大意是，我能处理欧元业务！Yes，I（欧元简写的符号）can do。虽然国内有人戏称ICBC为“爱存不存”，但在这里却是满满的正能量，感觉异常亲切！

再就是能看到我们南方航空的柜台了！尤其对于英语表达不顺畅，不知道具体通道的中国人来说，此时会觉得南航的柜台异常亲切，可惜当时没到上班时间，还好有服务人员奉上照片一张：

我办完登机手续，就要去登机口了，花了40分钟才走到登机口，估算距离至少有3千米，不难想象该机场是多么大！

二、布鲁塞尔的一点观感

以前对布鲁塞尔的印象，就是比利时的首都，应该是个美丽的中欧城市。飞机从伦敦起飞，一个小时后，降落布鲁塞尔，空间距离是700千米左右，在降落前，听到飞机广播通知，布鲁塞尔的当地时间要比伦敦快一个小时，于是把手机时间向后调整一个小时。

由于来布鲁塞尔是参加一个国际学术会议，会期很紧，只能在会议结束的晚上去市区转转，这里的观感仅仅是本人亲历的一部分：

（一）欧洲的核心

从地理位置上，布鲁塞尔地处欧洲的中心，交通较为便利。北有荷兰、丹麦和北欧诸国，东有德国，南有法国、意大利，西有英国。其铁路、公路、航空均可向各国延伸。

之所以说它是欧洲的核心，是因为它兼首都、总部于一体，既是比利时的首都，又是欧盟总部所在地，欧洲各国的政坛人士、非政府组织的领导人，在涉及欧洲的议题上，都要来布鲁塞尔商讨。它同时还是世界上最庞大的军事组织——北约的总部基地，连美国的许多国防政策调整，都要来布鲁塞尔磋商，军界人士也经常来访。这就使得来自布鲁塞尔的经济、社会和军事消息特别多。

（二）市民的热情和修养

我走出布鲁塞尔的史基浦机场后，要坐火车去市中心的酒店，因为不熟悉当地的语言，在买火车票的时候告诉售票员我要去的酒店名称，工作人员查了以后，送给我一份地图，在地图上标识出我要去的位置，还提醒我上哪趟火车。因此我对他们的第一印象是很好的，他们挺热情的，于是我信心满满地就去乘火车了。

当走到交站台的时候，我开始犯傻了，站台上的电子屏显示的不是英文，而是荷兰语（Duch）。当一列火车来的时候，拿不准该不该上和上了从哪里下车，如果方向坐反岂不更麻烦了！我只好向一位50来岁的大胡子戴眼镜的男士求教，他专门从包里找出眼镜，看清楚我手机导航上的地址，提醒我要到对面的3号站台坐车。他怕我理解和走错了，还领我走到天桥处，提醒是3号站台。

坐上火车后，看着地图上标识的密密麻麻的位置，我无法感知应该在具体哪一站下车（他们的到站提醒是荷兰语，而且没有电子屏，根本听不懂），只好继续求助于人。我向一位提箱子的男士（约有40岁）求助，告诉他我要去的酒店，幸好他知道这家酒店所在的位置。他告诉我需要中转坐地铁（前面坐的城际火车），而且要再往地下一层才是地铁，我更迷茫了。他说不要担心，下车时他带着我，指引我怎么坐上地铁。最终我在他的指引下，下了火车，又走了一段路，来到一个地铁售票窗口。他告诉我某个站名（我们发不出来那个音），买了地铁票后，他领我到地铁口，告诉我只坐一站，出去上到地面上就到那家酒店了。

令我非常感动的就是这位素不相识的布鲁塞尔朋友。人家拉着箱子帮助一位外国的陌生人转车，中间我也曾问他，离家还有多远的距离，他说还有10分钟的路，我说真不好意思，耽误他回家了，他说没关系，他回家很快的。当时真心感觉很温暖！可惜当时没有给人家拍照留念。

当我走出地铁，正犹豫要从哪个出口出去的时候，一位警察模样的大胡子热情地过来问我，需要帮助吗？我说出了酒店的名字，他有点拿不准，就去问边上地铁站的工作人员，他们又好像是用法语沟通。工作人员确定后，他走过来，用非常清晰的英语告诉我，从这个口出，出门向右转，过两个路口，100米左右就到酒店了。我按照他的提示，出门过了两个路口，正张望时，已经赫然看到酒店的名字了。

迷路后得到陌生人的热情帮助，真的会对一个城市的形象、市民素质有高度的评价。

这种路人、警察、工作人员，对一个来自外国人的热心帮助，可以体现出这里的国际化程度和人的热情以及高素质。

（三）基础设施宏大壮阔，但也要维护和更新

晚上的时候，步行来到市政广场，为这里的建筑古典且豪华程度感到震撼，建筑外面镶嵌着许多的人物雕塑：

见到这些，你会感觉恍如回到了古代帝国，在灯光映射下愈发显得宏伟壮丽：

再看市政厅，显示出这个城市以前的荣耀。

再有，就是经典的撒尿小童的雕塑，走过一个街角，才猛然发现这个不起眼的标志性设施。

但也能让人感受到的是，布鲁塞尔还缺乏足够的现代感和活力。比如，当我在机场的时候，为了能连上机场免费的 Wi－Fi，花了很多的时间注册都不成功，其实在机场提供免费 Wi－Fi 已是国际惯例，而且极为方便。根据我的个人体验，一旦进入荷兰的史基浦机场，手机就会自动连接机场的免费 Wi－Fi（而且还有中文引导语），在这一点上，布鲁塞尔机场就没有新型的国际大机场史基浦的现代气息浓厚。

另外一个印象，就是我看到了不少类似外国移民在街头游荡或乞讨的场景，可以感受到因为中东、北非动荡，比利时也受到移民的影响，这些将成为其未来必须面对的一个社会问题。

同时，城市基础设施比较古典，也可以说是相对陈旧，虽然市政在维修中央街道，但是进度较为缓慢。

我们在看到当代欧洲城市的古典和壮丽时，既会感受到这些国家对传统历史文化的珍惜，也能感受到这些国家活力的式微。既为中国的快速发展而欣慰，也希望我们在快速发展的同时，保留一些历史的记忆。

三、去欧洲也不神秘啦

来英国后，因受邀请，我要参加在比利时首都布鲁塞尔的一个中欧学术会议，此外还要去荷兰一所职业学院进行考察。布鲁塞尔是欧盟的总部，而荷兰是童话故事《美人鱼》中美人鱼的诞生地，两地均令人神往。

下面主要介绍办理签证的过程和体会。

先要明白的道理：去欧洲先不要考虑交通方式问题，重要的是手续，即获得政府许可（签证）。荷兰、比利时均是欧盟国家，互相认可签证，只要有了一个国家的签证，在两国均可自由通行，即相当于国内从一个省到另一个省一样。此外需要说明的是，英国和欧盟之间是不免签证的，所以从英国到比利时必须有签证。

申根签证：第一次听到这个词有点晕，申根签证，就是欧盟国家的内部签证，这个名字的由来就是欧盟国家在卢森堡的一个叫申根的地方签署协议，以后跨国商务、旅游之类的活动，签证互相都认可，不需要再办手续。

到哪儿去申请申根签证：第一个入境国，或者在哪个国家停留最久就选择到哪国的大使馆申请签证。由于我要先到比利时，所以需要向比利时大使馆申请签证。

步骤 1. 填写申请表

找到大使馆的官方网站，按提示，其签证是由一个独立的第三方来承担的。进入这个网站注册个人账户，即可填写申请表（Application for Visa）。这一步相对简单，在谷歌中输入关键词即可找到比利时驻英国大使馆的网站，再点其中的 visa 即可，根据自己的护照信息和参加会议信息逐项填写。

步骤2. 预约递交时间

申请表填写完成后，系统就生成了PDF文件，然后就可以进入下一个环节：预约版块。不幸的是，我在此处遇到了极大的障碍，怎么也找不到如何预约去签证中心时间的页面，试了好几次都没解决。此时只好求助，刚好我的学生刚从英国回到国内，知道我的情况后，非常热心地帮我解决了问题。

这一步的关键是，仔细看着网上的说明。填写申请表的网站里是没有预约版块的，印象中是要在大使馆个人签证页面上，输入自己的信息生成签证预约单，然后在里面选择自己能够赶到签证中心的时间，选中即可生成预约单。

一旦生成了预约单（Book Appointment），系统就会给你出一个PDF版的预约表（显示你预约的时间精确到几点几分），并附有地图，告诉你签证中心的位置，还有电话。

步骤3. 准备纸质材料

预约完成后，开始准备纸质材料，系统里有一个材料清单，要依次逐项准备。各种原件、复印件要看清楚，应该至少包括8种文件。主要是申请表、照片、执照、BRP卡、邀请函、自己身份的证明书、财务证明、行程单、住宿预订单、行程保险单等。

身份证明：主要是目前是什么状态，如访学，可由单位开具一封带签名的信函，表明你是谁，在英国干吗，待多久等。

财务证明：要有银行提供的存款证明，你在英国开户的银行，告诉他们你要办理签证，他们就会出具一个证明信。

之所以需要财务证明，琢磨了一下，对方提出的最低要求是根据你申报的留在欧盟的时间，每天的生活费标准至少是90欧元，只要你银行里的存款足够你旅行支出，签证的人不关心你的钱多少。想来是怕真的进入欧盟，后续没钱了，他们不想背这个包袱吧，所以需要这个财务证明。

行程和住宿单：我当时不明白什么是行程单，就通过booking网站直接预定了比利时的机票，然后把预定机票的页面做成PDF格式，住宿是会务上安排，会务上提供了住宿协议。我这样的安排也有风险，即如果签证中心拒签，我的计划就泡汤了，但我可以再抓紧取消机票。因此，办理签证要尽量提前，防止先订票后又取消的麻烦。

行程保险：国外保险观念比较强，必须购买意外保险才能获批（包括医疗、交通等）。我咨询的是邮局，问可不可以购买去欧洲的保险，结果工作人员说必须要在英国居住一年以上的人才能购买。这么一来，不就是两项政策矛盾了？一边要求必须购买保险，一边又要求必须在英国居住一年以上的人才有资格购买！

后来又咨询了河南大学来此访学的朋友，她以前办理过法国的签证，比较有经验，建议网购保险。于是我在网上试着找了找，英国的保险非常多，便在其中挑了相对便宜的，预计 5 天的行程，大概保险费是 5.4 英镑。这样，保险单子算是有了。

步骤 4. 递交材料

递交材料这一步反而简单，提前查好地图，标明位置，按时间提前到达，在签证中心安检后进入。签证中心的人工作态度非常友好，只是那个接待处的女士估计是真的比利时人，英语发音听得不是很清楚，但她很有耐心，指导我交照片和签名。

然后就是进入里面的工作室，接待的是位小伙子，也是一样热情，录指纹、照相、交费。他问是自己来取材料还是邮寄？考虑到从牛津来伦敦路途远，我选择了材料办好后寄回，快递费好像是 14 英镑，整个过程还是挺顺利的。

小花絮：签证中心的小伙子非常好，临走我向他表示感谢时，他还特别用中文说不客气。想必是他接触过很多中国人，慢慢学会了一些简单的中文。

最后一步：等待，可以通过系统查询办理的进度，当看到程序结束的时候，可以查询快递的网站（收据上有网页提示）。

我于9 月 21 日去伦敦提交材料，到 10 月 1 日收到材料（下图为比利时王国发回的签证材料信封），刚好用了 10 天。10 月 8 日去布鲁塞尔的会议，可以顺利成行了！是不是去欧洲并不神秘？

感受：办理过程中，要非常细心，留意网站的注意事项。实在解决不了的话，抓紧时间向别人请教。此时会感觉帮助别人会有多么温暖，平时再多的问候都不能解决实际问题。其间，河南大学的同事给我发来了她办理的流程，对我帮助很大，西南大学的同事热心地专程过来帮我打印申请材料。

还特别要说的是，我的一个学生（经济学专业的毕业生），为了帮我解决问题，熬夜自行模拟申报了一遍流程，提醒我每一步注意什么，而且全用红线帮我标识出来。我话不多说，真实感受到了什么叫真诚。

真诚就是把别人的事当成自己的事来办！

第二章

牛津访学

一、牛津印象

（一）牛津的天气

1. 温度要比郑州低

在国内的时候就先查了查，论纬度，牛津和我们中国的哈尔滨差不多，故而要比郑州冷一些。真的到了牛津后，发现比我想象的要冷得多，当郑州还是20~35摄氏度的时候，牛津的温度就是12~28摄氏度。从体表感受来看，原来在家穿短袖，虽然到牛津前已经准备了长袖和长裤，但走出伦敦机场后，往牛津坐大巴的过程中，依然感觉很冷。只好加穿秋衣秋裤，这才感觉舒适了。这就是气温的差异。

2. 每日“三变”

牛津是海洋气候，因为多雨，因此牛津的市容很干净。其实牛津的车辆并不少，汽车尾气也不低；由于是古老城市，不少地方还在市政施工，但他们施工进度缓慢，而且用的都是工程机械，因而没有看到扬尘。诸如英国这样的国家，一是他们因为人口少，就业压力小，不需要办那么多的工厂来满足就业，二是气候多雨，一会儿就来场雨，这种雨一般持续时间都不长，这样很自然地空气就清新了。

3. 着装颇有特色

来了这里，发现很少有人西装革履的，很多人着装很随便，穿着带斗篷的冲锋衣或大衣。因为西装只有在室内正规的场合用得到，而人们大部分时间要在外面走，就要适应这种多雨的天气，或者是经常打伞，但是进出室内会有很多不便，而且牛津的雨往往是来去匆匆。所以大街小巷里，人们穿得最多的就是带斗篷的大衣。

4. 搭讪方式很特别

既然天气多变，我们就不难理解，英国人之间的搭讪，往往可以从讨论天气入手：今天天气不错……然后才切入正题。这种搭讪的方式，其实和国人见面总要问候一句“吃了吗”一样，其实吃过与否不重要，关键是礼貌和后面的沟通。在这一点上，英国人一般不会见面问对方吃了没有，而是从天气切入。这大概是多雨天气对英国人表达和交往的影响吧。

（二）牛津一天：自然美与学术报告

刚刚过去的一天，是牛津天气最典型的缩影。早上细雨蒙蒙，上午风雨交加，中午雨过天晴，傍晚却晚霞美艳，抬眼竟然能看到天边的彩虹。

在这一天里，走路经过了不少地方，顺手拍了一些照片，记录这里的自然美和学术的几个场景。

上午，因为是周三，市中心在这一天都会有一个蔬菜和水果的集市。出门时略微感觉细雨蒙蒙，很快就成风雨交加了，只能撑伞慢慢地走，经过路口时风吹得雨伞都倒卷过来了，可见走路之艰难（也无心拍照）。

快到中午十二点的时候，查阅邮箱，发现有个不错的学术报告，是关于贫困问题的研究，于是紧急之间查了地图，幸好雨基本停了，便提包匆匆前往。

路上为节省时间，穿过大学公园。看到雨过天晴的公园显得更美了。

这一张，乌云刚退，阳光明媚，白云低垂：

这样的草坪式网球场地，应该是风景最美、击打难度最大的网球场地了：

还有这种宛若花草的海洋：

来到社科图书馆，已经快十二点半，很开心的是，他们在报告厅外面准备了三种口味的三明治，并有咖啡和茶水供应。于是我赶紧拿了一片三明治，倒了一杯茶去听学术报告。

演讲者是位印度裔的经济学副教授，他介绍的是自己的一篇学术论文。论文的主题是研究贷款是否能帮助贫困人口走出贫困陷阱，案例和数据是孟加拉国的贫困农村地区。

下面坐的听众，可以吃午餐和喝茶，比较自由，也可以中途提问，但都对演讲者非常尊重。

听完之后，感觉这位学者的模型做得很精致，但对现实的理解不够。就问他，是否到这些农村进行过实地调研，他说没有去过，让我略感遗憾。所谓的大学者，就是要让自己的研究去解决实际问题，而不只是单纯的模型。在这一点上，我感觉我们的国内学术界对贫困问题的研究要务实得多。

听完这一场报告，已经临近下午三点。回家略微休息一下，发现还有一场有意思的报告，地点在著名的万灵学院（All Souls College）。据说这所学院不招收本科生，只招研究生，而且一般不对外开放，便愈发想趁着听报告的机会去探个究竟。

远处蓝天，近处厚云，英国海洋性的天气就是这样一天三变：

经过自然历史博物馆时，发现天空更蓝了：

途经一些家庭庭院，一般是花园式洋房，绿树成荫：

看到了古朴典雅的图书馆：

还有愈发挺拔俊俏的圣玛丽教堂：

几经辗转，终于找到万灵学院的大门，学院的门很低调，若不留意，很难意识到这里有一个著名的学院：

这所学院，是亨利六世于 1438 年为纪念英法百年战争期间逝去的英灵而建，历史悠久，却低调奢华。

进了大门才发现，这里真的是别有洞天：

剑桥大学的一位博士在做研究报告：

演讲的主题是关于东非考古发现的山石壁画。在上万年来的气候变迁过程中，人类用壁画记录了生活环境的变化，演讲者用大量翔实的资料来论证自己的观点，听众专心听讲，而且以中老年为主。可以发现英国作为学习型国家果然名不虚传，很多人到了老年，仍然热衷学习知识和探索（年轻人更多地去听课和运动了，这里是研讨会）。

如下图，各位如果留心的话，能看到顶部有各种浮雕和徽章，线条优美，充满历史感。在这样的环境里，听一流的学者介绍研究发现，算不算是这些人探索求真的牛津精神？

在演讲过程中，组织者已经默默地准备好了酒水，结束后大家可以端着酒杯，轻啜酒水，抓几片点心，和感兴趣的人交流。

（三）风雪中的大学公园

今天是3月1日，按我们中国的24节气，也是国内即将进入惊蛰的时节，已经是“五九”。谚语云“五九六九，河边看杨柳”，此时该是杨柳吐绿、春意萌动的时节。但牛津却迎来了风雪天气，气温降至零下四五度，风一个劲儿地刮着，碎玉般的雪花落地不融化。今天用图片记录下风雪中的大学公园景观。

早上出门的时候，草地上是这个样子：

傍晚再出门时，公园里的湖面部分已结冰，再有雪落冰上，冰雪浮水上：

远处的野鸭，静静地卧在冰面上。天气这么寒冷，幸亏这样的动物进化出了羽毛来保护自己，才能所谓走到哪床就在哪儿：

还有水里游的：

天寒地冻，饥饿难耐。有的只好出来啃青草了：

这种是英国一公一母两只野鸭（Drake 是公鸭，Duck 是母鸭），类似中国的鸳鸯，只是鸳鸯比这种型体小。

还有野鹅（Goose）出来觅食：

注：Goose 是雌鹅，Gander 是雄鹅，这些单词都不好记。

虽说冬天仍严寒，但春天不会远的，看着打苞的柳条，感觉是真的：

再远处已经是白茫茫一片了：

这棵“霸气”十足的树，方圆好几米的周围，都不会给别的树留下空间：

还有这棵向下垂着生长的树，估计夏天时树下真的是“暗无天日”了：

天再冷，也有坚持锻炼的小伙子，而且还是短裤装：

也有牵着爱犬走路的中年妇人：

家属为公园捐资修建了这样的长椅，长椅上允许刻上逝去家人的姓名，以便能寄托哀思，同时能为他人休息提供便利。

风雪异国，信步走走。

（四）春雪后的牛津

每年冬春交替时节，英国的冷暖空气就不停地进行着拉锯战：暖和三五天后，温度又骤降，或是大风加雨下上一两天，或是干脆雨雪交加。今天已是 3 月 19 日，国内刚过了阴历二月二（“龙抬头”），这里是雪后初晴，把顺手拍下的照片发一组，让没有来过英国或离开了英国的朋友们有些印象和记忆。

前天早上，拉开窗帘，外面一片白色，仿佛又入了严冬：

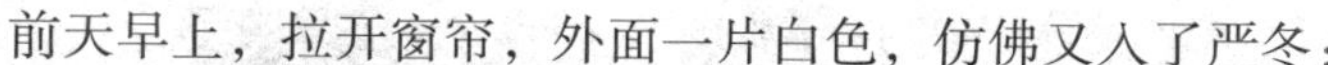

远眺年岁有几百年的教堂，加之天色苍茫，寒冷得伸不出手来：

经过大学公园，这里亦人迹罕至了：

途经波德林（Bodleian）图书馆，注目看时，愈发感觉此建筑古朴庄重、有内涵：

毕竟是春雪，下得快，化得也快，上有蓝天白云，下有绿草残雪：

雪后初晴，加上寒风劲吹，空气质量更见好了：

毕竟春来挡不住，如桃花般的鲜花已经盛开：

满地绽放的水仙花，标志着春天的脚步已经来临：

这一种花，国内不常见，在落叶丛中绽放出来，感觉好神奇：

此花名叫番红花（Crocus）。

注：多解释下，此花别名西红花、藏红花，可作香料。《本草纲目》将它列为药材，价格昂贵；它有很多种类，英国的仅有观赏价值。

看风景，英国的自然环境之美有三个主因：

一是，气候多雨且多风，从而使空气和地面更清洁；

二是，地广人稀（相对中国中、东南部而言）；

三是，英国的产业由重往轻（重工业向轻工业）、从实向虚（制造业向教育、信息、金融业）转型。但英国的美也有代价：经济增速越来越低，失业人口增长。

（五）牛津大学的学院风格：温彻斯特学院（Worcester College）

与热闹的牛津汽车站仅一路之隔，在泰晤士运河边，矗立着一所名为温彻斯特（Worcester）的学院。今天展出这个学院的一些风景，读者可以从中管窥牛津大学的学院风格。

牛津的很多学院的大门，都极不起眼，而且一般不对外开放。今天凑巧是对外开放日，游客可以在指定时间进入参观：

进了学院大门，巨大的草坪令人眼前豁然开朗，再配上蓝天白云，越发显得环境安祥且纯净：

学院历史悠久（正式成立于 1714 年），距今已过 300 多年。小教堂建筑非常古典，风格非常庄重，富有古典美：

墙边的白里透紫的野花加红玫瑰，使得房屋镶嵌在草丛间。

这座建于 18 世纪的古建筑，至今还是办公楼：

穿过这个一进门的古建筑后，进入另一个院里，竟然还有绿地和树木：

再往里走，还有湖水，粗大的树木向湖面呈倒伏式生长：

学院的草坪有三四处之多。英国雨多，阳光尤其金贵。一遇阳光，学生都开心地约着来晒太阳：

这座亭子上长满了绿苔，中间的钟表是 1971 年由某位担任过协会主席的校友出资购买的，这位校友还被王室加封爵士。从中不难读出学院的历史：

道路两旁，培育和被修整的鲜花、绿草：

阅览室的平层阳台也是精心设计，维护得干净和富有美感：

学院里另一处的草坪上，培育了许多果树，现在枝头挂满了青青的果子：

不同层次、颜色的树种搭配种植，显得错落有致：

连接庭院之间的走廊，也布置得如此和谐：

再看爬墙而上的玫瑰：古墙与深绿的叶子和红艳的玫瑰，算是传统与生机的组合？

这样的学院风格，自然、学术环境俱佳，但是这样的环境也需要一定的财力支持。在牛津，接受这样的教育，一年的学费动辄 2 万英镑，再加生活费 1 万多英镑，合起来 3 ~ 4 万英镑，相当于人民币三四十万元，中等家庭恐怕难以承受。四年下来，再加上各种服装费、考察费，差不多得 200 万元人民币之巨。而且，英美等国的办学经费来自财政拨款的少，捐款和学费收入占比高，尤其是世界名校，往往经费较为充足。

（六）牛津大学的学术氛围是怎么浓厚的——来自一个学院的观察

都说牛津大学是世界名校，历史积淀深厚，学术氛围颇佳，历史积淀要看建筑、看图书和人文，学术氛围则看场景、活动，这些都得要亲自体验才能有真实感受。今天从一个圣休斯学院（ST. Hughs College）的角度来展示一下，牛津大学的学术氛围是怎么营造出来的。

1. 大门不限制进出时间，想学习多久都可以

先上一张图，一个大门将学院与外面的喧闹隔离开来（从外往里进）。

这个大门到晚上9点就被锁上了，但没关系，只要你是这里的老师或学生，可以从刷卡通道进去。如果你在里面学习得很晚，注意墙上有这个东西（见下图，从里往外出），按一下，就可以从里面开门出去：

办公楼也是一样刷卡进入，而且卡又分为不同的类型，根据你的身份给予不同的权限。上班时间，办公楼是开放的，不用刷卡，下班（下午5点以后）需要刷卡进入，平时一般不需要门卫来值班。下面就是办公楼的刷卡处：

这样的设置，既节约了人工成本，又赋予了自由：如果你学习得很晚，不用麻烦值班师傅给你开门，学习时间完全由自己来控制，这多自在!

2. 教室窗明几净，交流起来心情舒畅

这里上课的教室，一般环型的居多，很少像国内的狭长的教室（后面的人，只能看到前面人的后背)。我们都有这样的感受：环型的座位设计，能提高听众的互动积极性和受关注的感觉，不容易疲惫。如果教室比较长，就在中部设置同步的屏幕，坐在后面的同学一样能看到：

小型的学术会议室更简洁，适合小范围的深度沟通：

还有一种适合小组成员间更密切商量讨论的：

3. 图书馆 24 小时开放，可以随时进去学习

印象中牛津大学校级的大图书馆（Boudlin Library）是 9：00—22：00 开放，但学院里的图书馆就完全不限制时间（真正的 24 小时开放），前提是你是这个学院的成员（Membership）。我不是这个学院的正式成员，在今晚从窗外拍了一张学院图书馆傍晚时的照片（见下图）：

如果你累了，可以来到草坪边走走，草坪边会有类似传说中让牛顿产生万有引力定律灵感的苹果树，宽阔的视野能让眼睛得到充分休息，让思维充分活跃起来，就是下面这样的环境：

4. 学术讲座多如繁星，让人目不暇接

牛津大学的学术讲座之多，宛如天上的繁星，既光彩诱人，又有点让人应接不暇。以其中的威斯顿图书馆（Weston Library）为例，几个相关学院共同发展和组织了“英国与欧盟关系的历史考察”系列讲座，从 10 月 27 日开始，每个周五一场，涉及撒切尔夫人之后到现在历届领导人的欧盟政策与英国形势分析，主讲人基本上来自首相的高级智囊团，包括，“铁娘子”撒切尔夫人、约翰·梅杰、托尼·布莱尔、戈登·布朗、特莉莎·梅等重要幕僚成员，每次讲座都吸引了不少学生、教授、社会名流参加（不适合拍照略有遗憾）。

国内召开了党的十九大之后，牛津大学的中国中心就已经举办了 5 场关于十九大之后中国的经济发展、政治演变、世界经济政治关系等的讲座。其中不乏社会名流，昨天晚上，前澳大利亚总理陆克文就在这里作了演讲。

由于兴趣和专业的原因，很多人在牛津会有目不暇接的感受，学术活动太丰富，忙得顾不过来，各个学院的主页，都会滚动展示将要进行的学术讲座。我还偶遇了在中国出版《牛津西方哲学史》的教授，他在举办一场关于“决定论和自由”的讲座，分享两张照片给大家。

我们常说大学之大，不在地广、不在大楼，而在大师。来了牛津之后，更真切地体会到大学之大，在于环境、设施、氛围、活动，这几个优质因素整合在一起，方有这样的世界级名校。

二、牛津的交通秩序是怎样维持的

牛津是位于泰晤士河上游的一座城市，因有世界一流学府牛津大学和遍布各地的古迹而闻名，这里既是大学又是城市，城市和大学交融在一起。我来此一周后，看了不少路况，感觉牛津这个古老而富有人文气息的城市交通，忙而不乱，旧而有序。既有值得我们学习的地方，也有被我们超越的地方，这里介绍一下。

（一）道路不宽，较有秩序

牛津的道路，属于很有历史感的沥青马路，马路一般是两车道，车辆均靠左行驶（可能刚从国内来的人有点不适应），最多边上划有很窄的一条自行车道。随着人口的增加，尤其是外来人口的流入，牛津的道路显得越发狭窄，可即使如此，市政府似乎并没有拓宽马路的计划。因为他们是私有地产，道路两旁均是私家庄园，这些庄园均是有钱有地位人家的，拆迁成本很大，单栋庄园一般在五六百万英镑，折算成人民币，就是四五千万元。所以街道由于是过去规划的，虽然很窄，但只能这样将就着。

英国对私人产权保护得好，但也有低效率的一面。中国则会有出于集体主义的考虑，个人、单位做出牺牲，城市环境会得到较大的改善，效率相对较高。仁者见仁、智者见智，各有千秋。

道路这么窄，牛津的交通秩序还不错，靠的是什么呢？发几个图大家看看就会大概明白：

同方向行驶的车与车之间靠自觉。车辆较多的时候，自觉排队，完全没有加塞的，因为有加塞的话，就会堵住对方过来的车辆：

路口提前分道很严格。交叉路路口，靠提前分道，避免路口拥堵：

公交车停车载人有专区，防止堵塞后车：

车与人之间，靠红绿灯管制。考虑到行人的不便，在一些非路口地段加了行人人工信号控制。想过马路时，按下 Press 键，绿灯就开始闪烁，车辆暂时停车避让行人。下图为行人过马路用的，按下 5 钞钟左右黄灯闪烁，提醒往来车辆避让。

(二) 公交站牌设置，很人性化

每个公交站均有小的电子屏，显示下一班次车辆到达的大概时间，也有标示地图的站牌，只是英文的地名，均没有象征意义，很难记，看了有点晕晕的，这大概是文化差异。车站一般提供长椅，供等车的乘客休息，很人性化。

注意，椅子上印着牛津市政提供，这属于公共物品

牛津的公交就没有弊端了吗？有的，主要有如下一些不便之处：

(1) 票价贵。从我住的地方到市中心，大约2千米的路，车票为2.2英镑，如果买往返的票，可以相对便宜，为两个1.8英镑，换成人民币的话，差不多是30元钱往返！要是在郑州坐公交车，1元钱可以坐二十多千米，甚至我们的BRT还能免费换乘。

(2) 等车难。公交站里要排队很久，明显就是因为公交车次少而且慢，不过这里乘客都很自觉地排队上车。

(3) 容易坐过站。在这里，上了公交车后，千万不要玩手机游戏，因为很多车上根本没有到站的广播提醒，而且司机也不会叫你。必须自己注意车上的显示屏下站是哪里，并提前按一下车上的一个红色按钮，否则司机不会停车，只能再折返回来！

（三）出租车不多，服务较规范

在牛津，很少看到出租车在大街上空驶寻找客人的，这样就减少了路面上的车辆。我的印象中，市中心有一个出租车载客的专区，人们下了大巴后可以在那里乘出租车。听说这里也可以使用网约车（Uber），另外也可以给出租车公司打电话约车等。目测来看，路上跑的出租车不多，更多的人会选择公交车、自行车或步行。总体上看，在牛津这座历史文化名城，由于保护力度大，建设速度慢、阻力多（还没有地铁），牛津大体上保持着以往的风格。道路虽然不宽敞，但靠市民自觉和市政规划及服务部门的协同，保持着较好的秩序。另外，在这里待了有十天了，我每天都要步行上万步，从来没有看到过一次交通事故，也没有看到任何执勤的交警，更纳闷的是，没有看到任何的道路电子眼监视探头。在这样的古老狭窄的环境里，能保持这样的交通秩序，真的很不容易了。

三、牛津的一天

2018 年 1 月 21 日是周日，放下电脑和书本，经过了好几个地方，认识了一些新朋友，所见所闻所感，都记在这一天的文章里。

（一）天气：雨雪交加

天气预报提前已发出了警告，说今天会有雨加雪。英国的天气预报还真是比较准，下雨的时间都是预报从几点到几点，如果预报的雨要停，则基本上是不会差的。英国是海洋性气候，气候多雨，很多时候，哪怕有太阳，但飘来几片乌云就会马上下雨。所以来了英国之后，得学着经常看天气预报，于是在手机上下载了一个英国的有关天气的 App，每天看了天气预报后再出门。

早上出门的时候，是这样的，街道上人烟稀少：

再往前走着走着，雪下得越来越大，只是今天温度有三四度的样子，很快就化了，只在草地上留有雪的踪迹：

牛津这里的雨多，加上有时候又带着风，很多人说牛津这里的雨很任性，说来就来，而且雨丝似乎是从四面八方都往你身上来，打伞都不怎么行。所以，在这里，很多人都会穿类似防风（雨）衣，这样就可以不带伞，下雨时把帽子戴上就可以了。其实雨很大，可有人就是不喜欢打伞：

大概早上 6 点开始下雪，上午是雨加雪，中午下雨，一直下到下午 6 点的样子。这雨让牛津从里到外全是湿漉漉的。

但英国下雨的时候，恰恰是天气比较暖和的，因为下雨往往是海洋的暖流带来的云形成了降雨，所以越是下雨天越是感觉比较暖和。而晴天的时候，太阳照着时比较温暖，但太阳下山就会温度骤降，昼夜温差极大。这点和国内大部分地方有明显差异。

（二）人际：互助和友善

早上，我出去锻炼回来的时候，发现房东老太太房门开着，吊灯下面放一把梯子，老太太已经过了90岁了，肯定不能爬高的。于是我问她是不是需要帮忙，她非常开心地说是的，因为她的灯泡坏掉了两只，看书光线太弱。于是我自告奋勇地爬上梯子，检查了灯座后，把两个灯泡换上，客厅明亮如初。老太太非常高兴，一个劲儿地说“谢谢”。

为什么我要帮助她呢？一则是中国人都有尊老的良好传统，看到老人的时候，会想尽量帮一帮。二是帮助总是互相的。因为，前天房东老太太专门送了我们一瓶她亲手做的果酱，说让我们尝尝她的手艺。虽然瓶子不大且不值钱，但人家也是一番好意，会让远在异国他乡的我有些暖意。

我尝了尝她做的果酱，虽然有点稠，估计是高纯度的蜂蜜加橘子皮，但味道还是不错的。于是就向老太太反馈：味道真不错！她非常开心，就专门找到她剪下来的果酱工艺的报纸给我看。她的意思大概是：“你放心吃吧，我的工艺是从报纸上学来的，配料是安全的！”

来这里，会感觉人际之间较为友善。虽然这种友善只是表面上的，但对于异乡人而言，还是感觉比较温暖和自在的。而且帮助，更多的是要互助，不能总希望别人帮助自己，我们也该主动力所能及地帮助别人，这样别人才会帮助我们。

下午去考察一个乒乓球俱乐部时，又一次感受到了友善。当找到运动中心时，接待员是一位漂亮的戴眼镜的姑娘。我告诉她，我听说这里有个乒乓球俱乐部，希望能参加，但不知道费用是多少。她很热情地问了问我身份，然后让我简单填个信息表。我告诉她我在这里还有七八个月的时间，请她帮忙给我个合适且优惠的会员价。她有点拿不准，就去里间咨询领导或同事，回来的时候，特别向我说，抱歉让我久等了（其实也就是2分钟），而且很开心地说“对您是免费的”，让人好开心！

这位姑娘很快把我的信息录入电脑，并随后将这些信息用读卡器读入我的校园卡里，然后把校园卡还给我。她还告诉我，以后按时间表上的时间去一个俱乐部活动就可以了，并祝我锻炼开心！想想，这是在英国，她们能对一位远方的外国人非常热情客气，的确够难能可贵了。

（三）归属：华人的根与亲

下午3点半，因答应了要去参加华人中心举办的新年春节晚会合唱，打伞冒雨前去。到了以后，看到那么多华人小朋友在练习唱歌，而且见到了我很喜欢的同一领域的国内专家，我们同为访问学者，听着熟悉的汉语，倍感亲切。小朋友席地而座，在老师指挥下认真练习：

办春节晚会是华人的风俗，过年总要热闹热闹，而且通过办晚会，来自不同行业的华人们带着孩子，让孩子们在一起排演节目，而且是中文交流，孩子们慢慢摆脱害羞，互相用普通话问这问那的，家长们也彼此分享有益的信息，这样才是中华文化的根！同时，中国人之间也是因为有语言、经历、情绪之交融，才会这样亲！

办晚会是个辛苦活儿！春节晚会将于正月初三在富丽堂皇且庄重的 Town Hall 举行。由于大家住得分散，平时各忙各的，加上对合唱歌曲的理解不同，就需要多排练，这可辛苦了老师和大小演员们。这里再补充一张照片，是前一天在市政厅进行的彩排：

一个小插曲，老师说晚会最后的合唱，是韦唯的《爱的奉献》，到时候有老师领唱，老师问在场的家长会不会唱（不少小朋友是在牛津长大，肯定不知道这首歌），家长摇头。像我这样五音基本算是全的，但没上过台的人，突然想冒出来："我给大家试一下"。结果老师邀请我上台，我抱着话筒就来："这是心的呼唤，这是爱的奉献，这是人间的春风，这是生命的源泉……"可惜到后面忘了歌词，自己都脸红了，可是家长和小朋友们都热烈鼓掌。知道大家是鼓励我，但我仍然开心了好久！

我总相信，祖国的繁荣、开放、活力，是海外华人们共同的心愿，也是他们的根之所在，亲之所系！

（四）爱好：坚持与快乐

几个人物和片断：

人物一：一位六十多岁的爷爷。早上我和他一起从运动中心出来，他一周坚持游泳 5 次左右，从不中断，而且他还去过我国的北京、上海、广州，我俩在路上有一搭没一搭地闲聊。他喜欢游泳，认为游泳对健康特别有益，而且，最重要的是，他每次都是拄着拐杖（貌似腿不太好）走过来的。当我俩同行时，由于雪大，我给他撑雨伞，他说不用，他喜欢这样的雪天。

可以想象，因为爱好游泳，可以让一个腿不太灵便的老爷爷，在雨加雪的天气里坚持走路过来游泳，你说爱好的力量该是多大呢？

人物二：两位少女。上午，我路经大学公园时，当时算是中雨了，我自己顶着风撑着伞艰难地行走，意外间看到两位少女，一身运动打扮，把包和伞都放在公园的长椅下面，两个人在草坪上奔跑，一个人掷橄榄球，另一人接，边跑边传接球。在这样的雨天，草坪上就她们两个人开心地掷、接橄榄球（可惜我当时拍照后，手机忽然关机了，遗憾没有照片）。天上有雨在下，地上有两个密友在玩。这样的风雨无阻，也是因为爱好的力量吧！

人物三：雪中坚持跑步运动的健将。总好奇为什么他们不怕冷，穿着这么单薄。

如果不是因为爱好，就不会有这些特殊的人在雨雪天，仍按自己的爱好来玩、来练，我想这就是由爱好到快乐而带来的力量，无论是出于为健康，或是爱好本身就带来快乐！总之，爱好，才会让人坚持下去，才会让人快乐，才会在别人看来是受罪的风雨中享受快乐。

结尾：走了一天，见识了一些牛津的风情，也走得累了，路经市区的超市，发现超市已经早早打烊了，才意识到今天是周日，超市5点就下班。

再看看路边排队等着公交的人群，看着华灯初放的牛津，该进入晚上了。

四、牛津公园健步走

周末看书之际，听到外面广播声音一片喧哗，循声来到了牛津公园（Oxford Park），实地感受了这里周末健步走的场景。草坪宽阔，阳光明媚：

地也就是一般的沙土混合地，大家边走边聊天：

全民运动，自然少不了爱犬：

推着童车来参加，告诉孩子，要从小养成锻炼的习惯：

老爷爷也来啦：

纪念品已经挂在脖子上的少年：

寸土寸金的英国牛津，尚保留着大片的绿地和活动场所，并经常组织各种公益的健身和休闲活动。今天早上走路时，已经看到街头的马拉松预告：

估计到 10 月 8 日那天，牛津的街头就是跑步者的海洋。期待那天能目睹盛会。

五、牛津看到的爆胎后的处置办法

昨天在牛津街头无意间看到了英国人对于汽车爆胎的处理方式，一辆维修车辆在前面行驶，车里坐着穿着救援衣的维修工和一位年逾 70 岁的老太太，后面拖着发生故障的车。注意，重点在后车，即出故障的车辆：

细心的朋友一定看出：估计是前轮爆胎了，维修店的工人到来后，直接用两个轮的杠杠，把故障车辆升高，用皮带固定住故障轮毂，直接拉到维修店去处理。

同样的事情在国内是怎样的情况呢？

在国内一般道路上，如果发生爆胎，需要停车，然后自行用简易的千斤顶换备胎，再开去维修点。开过车的人都知道，那是一种很局促和尴尬的经历，而且很容易造成道路交通不畅。

英国这种处理方式的好处就在于：

（1）使汽车驾驶员更体面。国内爆胎时，往往需要驾驶员有一定的维修能力，即换上备用轮胎。可是，对于许多新手来说，有的还不知道备胎在哪里，有的不知道千斤顶要支在哪里，有的根本没有力气卸下故障轮胎，各种尴尬，不一一言表。如果驾驶人是一位如这里的过 70 岁的老太太呢？所以，这种救援方式，能让出了故障的车辆驾驶员有体面地得到救援。

（2）不影响其他人的交通。如果我们是自助的方式换备胎，短则要两个小时，长则要三四个小时，肯定影响一大片交通。而英国这种方式，电话救援，把车拖走，快速解决道路障碍，既体面又有效率。

六、从牛津到剑桥

牛津大学和剑桥大学，绝对是当今世界排名前十的两所大学。我住在牛津，上周挤出时间，去了一趟剑桥，今天先向大家描述我从牛津到剑桥的沿途见闻。

（一）牛津的来历

来这里之前，以为牛津就是指牛津大学。其实，住了一段时间后才体会出来：牛津是个郡名（相当于我们的一个地区），而牛津大学（University of Oxford）办在牛津郡。狭义上的牛津市和牛津大学是个“共生体”，牛津大学是个联邦制大学，各种学院、研究机构星罗棋布，在牛津市的不少街区、牛津居民的周围，都布局有牛津大学的各种学院、系、研究中心，故牛津有“城市在大学里之称”。那为什么我们翻译的时候称为牛津？这里和牛又有什么关系呢？这是牛津市政厅外墙，看到牛了吗？

我的理解，牛津就是牛之津，上图中就是显示牛津的历史典故。英文中的Oxford，来源于“Ford of the Oxen”，Oxen就是古语中的牛，Ford就是浅滩或渡口（看到图上的标志了吗？涉水而过的牛）。看来我们的中文翻译水平真是高！牛津，就是牛可以蹚水过河的一个渡口。从地理上看，著名的查威尔河与泰晤士河贯穿牛津，于城市南部中央交汇。

大学和市民的关系，历来是比较纠葛、难处理的。从相容性上看，城市为大学提供了更好的公共基础设施和社会化服务，大学使城市充满了活力，牛津大学吸引了世界各地的游客来牛津参观游览。从矛盾性上看，大学和市民之间争土地、环境等公共资源问题，始终是个难题。

话说这样闹着闹着事就大了！大约在 1209 年，一些牛津师生极度厌倦当地镇民（那时候不能称作是市民），一路向东筚路蓝缕，创建了今天同样闻名于世的剑桥大学。

（二）剑桥的来历

从历史上看，剑桥和牛津的关系，有点像爹和儿子，但青出于蓝，貌似又胜于蓝（去年英国大学排名，剑桥超越牛津）。

剑桥，Cambridge，是河名加桥的产物：流经剑桥的是一条蜿蜒曲折的 Cam River，我们可以翻译为康河，而加上桥之后，应该翻译为康桥。这就是徐志摩诗《再别康桥》的来历。可是，我至今也没弄明白，为什么中文翻译时不译为“康桥大学”？难道是因为康桥大学一听就像个不好的大学？暂时还没搞懂剑桥的真正来历。

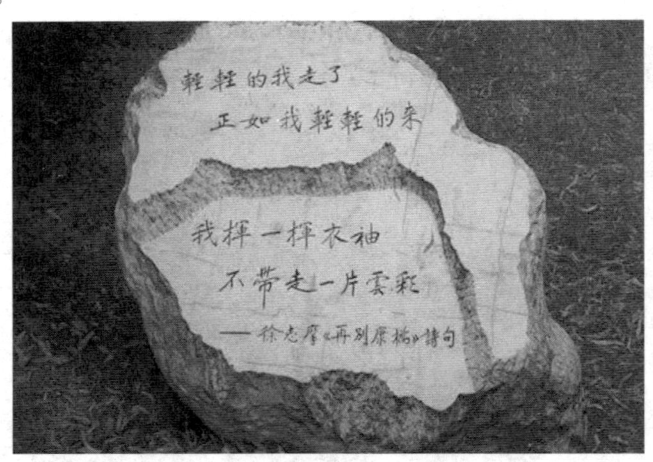

从现代的角度看，剑桥大学和牛津大学现在的关系，已经如孪生姐妹关系：剑桥的办学制度和牛津一样，亦是联邦制大学，包括很多学院的建筑风格都很接近，像王后学院、三一学院这样的名字，两所学校都有。

两所大学之间学校交流非常密切，学者经常互访作讲座、作 fellow ship（类似于客座教授），竞争是学校、学院层面的竞争，而合作是学者之间促进学术发展的根本途径。

（三）牛津到剑桥的路途

我乘坐的是从牛津到剑桥的大巴车，车费较便宜（20 英镑左右往返），距离大概是 90 英里，但由于路上并非全程高速，途经了 20 个左右的车站，行人上下，走走停停，竟然需要 4 个小时。好处是可以观看沿途的乡间风景。

透过车窗拍摄，可以看到英国的农业不是小农，田块较大，往往以公顷计，这是刚翻出来土地：

路上还有羊群安闲地在草场吃草：

对比之下，感觉还是中国的高速公路要高效得多，牛津到剑桥的距离，在国内最多两个小时到达。但细节处也有大不同：英国的高速公路基本是不收费

的，路上没有经过一个收费站。

还有一个很重要的细节，就是司机和乘客都很有耐心，也可以说是非常友好：

（1）如果你的行李箱很重，司机就会热心地帮你搬上搬下的，而行李箱全在车子底部，乘客只需空手乘车。

（2）面对老年乘客，上车时买票、走路都是慢吞吞的，司机从来不催“快点快点”，而是数好钱，找好零钱，再耐心服务下一个乘客。

（3）大家等车的时候，自觉地排着队，在前面的乘客没有安置好的时候，后面的人一点都不急，更不会催促。

也正是因为这样的文雅的上下车，使得这段170千米左右的路程，耗时3.5到4个小时。

七、牛津草甸上的休闲时光

临近周末，看了一天资料，很想去郊外走走，便约了朋友去牛津郊外的一个草甸去看夕阳。

（一）悠闲的牛群

已是黄昏时分，牛群悠闲吃草之余，陆续去河边饮水：

这里的牛群中，每头牛的耳朵上均挂着标签，显示牛的品种、性别、年龄、体重等数据（“科学养牛”就是这个样子吧）。深深感受这里的牛在如此的环境里长大，其生长环境、牛肉的质量自然要好得多。

（二）人与动物相安无事

前行中，看到一大片上岸的野鹅、野鸭，旁若无人地在人们坐的草地上吃草。在英国，野生动物是受到严格保护的，很多地方的野生动物几乎不怕人。不过，代价就是岸边的鹅粪、鸭粪遍地。

兔子是极为胆小的，可是因为这里不许抓兔子，这些小东西便在离人稍微远些的地方出来吃草（照片中的黑点是一窝六七只兔子）：

在河边的酒吧外墙上，在喧闹的酒桌旁的河沿上，竟然有一只野鸭安闲地卧着，看来它从来没有被人惊吓过：

(三) 夕阳西下的美景

夕阳西下时的草、水、光相结合，使人的心情自然而然地变得轻松和愉悦：

置身于这样的美景，世间的小烦恼、不愉快又算什么呢?

再往下，呈现两张照片，是站在泰晤士河边拍的，向西看，是红日坠入地平线；向东看，皎洁的月亮已升空：

很多人一到国外看到人家的环境优美，往往陶醉或折服于发达国家的景色，甚至有所谓的“国外的月亮比中国亮”，其实发达国家已经走过了污染—治理的路子，他们将很多的资源消耗型、环境破坏型的产业转移至国外，所以才能使大量的资源不被开发，并配合以严格的环境规制，所以才有所谓的好环境。

只要我们秉持绿水青山就是金山银山的理念不动摇，环保督察的力度不松动，配合以持久的环保意识和行为习惯教育，美丽中国的目标照样会实现。

八、牛津夏天的纪念

7 月 15 日，牛津的华人中心举办联谊活动，回国之期已是屈指可数。希望能再见见这里的朋友，算是为辞行打个伏笔吧。

沿途看见了熟悉的街景、路景、学院，记录一些，希望不负时光、不负牛津的灵气。

一条窄窄的街道，左右皆有学院，远处通往社科图书馆：

走近莫德林学院，背对着阳光的古城墙显得肃穆：

来至莫德林学院的正门，古老的建筑不知见证了几代人的荣光：

莫德林学院的塔楼，每逢重大的集会活动，都会从这里发出赞美和祝福：

走到考林街区（Coley）的转盘处，便看到这座纪念亭：

牛津是多元和包容的，街头有寿司店和中餐馆，墙上有涂鸦：

酷日当空，所幸走到查威尔河的桥头，凉风习习：

河畔绿树成荫，只是连日酷暑，草地已显干枯：

不经意间，寒暑相易，已近一载。掰指头一算，再有两个月，就可以回归故园了。此天此地，有缘再见。静坐桥头之际，仿稼轩先生之《清平乐》一首，以作纪念：

清平乐　赴华人中心

酷日狂晒，驱使行人难耐。古朴楼阁耸蓝海，岂止穿越数代？

已览学院恢宏，又见西东包容。最爱人间微凉，河边桥头吹风。

第三章

英国社会观察

一、在英国骑自行车：安全，但是贵

来英国牛津快三周了，每天都会去街上走走，眼见车水马龙之中，自行车自由穿梭，但始终没有看到一次因自行车引发的交通事故。经过多方了解，发现：在英国，对骑自行车规定很严格，所以能在道路很窄、车流量大的情况下，保证自行车的行车安全。那他们是怎么做到的呢？

（一）骑行有线路，不越界

在英国骑自行车，不能信马由缰，只能走有标识的专用道路，不能和机动车与行人抢道。这里的自行车道虽然很窄，但是安全：

在英国，行人必须走在路基上面的行人道，自行车如果向上进入步行道，就会受鄙视，被人侧目；如果进入机动车道，就会置自己于危险中。因此，虽然自行车有较大的自由度，但只能局限在自行车道里行走，这就保证了骑行者不影响机动车和行人的自由。虽然自行车具有较大的灵活度，增加了发生事故的风险，但骑行者严格遵守行车范围和线路，又使得其自行其道，井然有序。

（二）装备有标准，不能缺

在英国，虽然对骑行者的装备没有法律严格规定，但相对形成了约定的习俗，要求骑行者来遵守，以保障自己和他人的行车安全。先来个标准骑行的照片：

在这幅图里，看到的是骑行者不仅要在自行车专用区域里行驶，而且还需要有如下装备：

1. 头盔

头盔是骑行必备的装备，这是防止摔倒时发生头部重伤的重要保障。在英国街头，可以看到绝大多数人带着头盔骑行，不管是中年、老年、儿童，这大概源于他们对自己生命的珍视，形成了自觉，加上他们严格在指定区域行驶，遵守交通规则，所以因自行车引发的伤亡极少。

在佩戴头盔上，中外形成了较大反差。国内的很多骑行者，包括摩托车、电动车手，嫌戴头盔既麻烦又影响形象，很不乐意戴头盔，所以交警不得不花力气处置不戴头盔的摩托车骑行者。而电动车、自行车，由于没有号牌，交警无法有效识别，所以骑行者基本不戴头盔。而一旦出现交通事故，头盔的保护作用才显示出来。因此，为了自己的安全和别人的方便，建议国内的自行车、电动车、摩托车骑行者都要爱惜生命，把自觉配戴头盔作为一种文明的象征。

2. 反光服

它的作用在于阴天和晚上骑车时，你能被别人发现。

3. 车灯（作用同上）

英国的自行车，前端的配灯能发出闪烁的白色灯光，后面的配灯能发出闪烁的红色灯光，让路上的其他车辆提前看到。

安全最重要，虽然一套装备下来要几十英镑，但是装备有价生命无价，为了安全和健康，这些投入还是值得的。

个人感觉，反光服和车灯都是我们国内骑行者极易忽视的，尤其是晚上一些路灯不亮的地段，发生交通事故的风险比较大，建议国内的公司和个人，从维护安全和珍惜生命的角度，重视骑行装备的研发、生产与使用。中国是骑行大国，这里既有巨大的商业机会，也体现着文明的要求和人性的光辉。

（三）不许载人，但有变通

英国骑自行车不许载人，这样能有效防止出现意外。在国内经常看到大人骑自行车或电动车载小孩的：小孩在后面的，可能会因孩子瞌睡栽倒，甚至掉到地上大人竟然没有察觉，要靠路人的提醒才回头找孩子，非常可怕！还有的人把小孩放在自己前面，而有的孩子手脚不闲着，影响了大人的骑行安全。总之，骑车带小孩增加了不少骑行风险。

我在英国街头也看到骑自行车带婴儿的情况，但通常是自行车再拉一辆婴儿车，婴儿在一个封闭的车子里，安全有保障。还有的是大一点的孩子，想享受自然的空气却骑不远，有的家庭就改装了自行车，诸如父子同骑的模式，我在街头抓拍了一个。这样变通的目的，就在于既遵守自行车安全规则，又能享受骑行中的亲情。

二、英国的小摊小贩，他们是怎么经营的

英国也有小摊小贩，他们均使用流动餐车，对其政策是允许其经营并给予规范和疏导。我在英国街头看到了流动食品车。夜幕降临时，方能泊在街道边，精美的美食、暖暖的灯光、低廉的价格，吸引了不少匆匆赶路的食客，今天这里晒出来，也算是牛津街头夜景之一。

车头拍得有点模糊。重点在后面，这是车头和食品车的连接杆：

各种食品，基本都是 3 ~4 英镑，价格很有吸引力：

生意真的不错，顾客需要排队购买：

同时每辆车都自带了一个垃圾桶，放在附近，便于顾客直接处理食品包装（均是纸质可分解的纸杯、纸袋等）。

三、围观英国的树木管护

英国的树木被保护得特别好，经常能看到两个人才能合抱得住的大树。那么，问题随之而来，树大了会有枯枝，当飓风来袭时，树枝折断掉落就会非常危险，这大概就是好的绿化所要付出的“代价”了。

在牛津散步的时候，有几次都看到树木管护工人在作业，将拍的照片整理出来，出个全套流程，希望能让读者看明白：

工人先把作业的树木用警戒线围起来，禁止行人靠近，然后爬到树上，拿电锯割断枯枝。

修剪下来的树枝需要再处理：

这是一台大力粉碎机，将树枝塞进去，瞬间木屑纷飞：

“战利品”最终都装在这节车厢里：

为此，我还特别停下来，向管护的工人打招呼请教。当然，问之前要赞扬一句，诸如“你们的活做得好漂亮！”在工人正开心的时候，问上一句：“请问你们最终怎么处置粉碎后的树末呢？”

工人告诉我，他们处理后就交给市政树木管护处，很多的树末被用作花圃的基料，或者用来给一些景观树木的底部铺上，算是有机肥。

这样的操作和工艺有趣不？

四、英国预约看病记

来英国快半年，也许是水土差异，渐渐觉得小腿有一处奇痒无比，抓挠之下便显得一片“恐怖”。出国前按预想带的药有点不管用，便想着顺便见识一下在英国看病是什么样子。下面记录的，就是笔者亲身经历的在英国预约看病的流程与感受。

我是以访问学者身份入境的，办理签证时，需要支付约200英镑/年的医疗保险，这样在居住英国期间，能享受与本地居民大致相当的医疗服务和保障。

（一）慢节奏——登记与预约

登记：来英国后，根据前辈们的指点，先到社区诊室进行登记，带上护照和临时居住证，填写表格，包括出生日期、住址、电话、邮箱和个人病史等，这就算是提供基本医疗信息。管理人员随后将个人信息录入电脑，一两天内我就收到了社区诊室的短信，提醒诊室地址、联系电话、邮箱等，这就标志着完成了医疗登记，加入了其国家健康服务（National Health Service，NHS）。

预约：在英国看病节奏慢，就是感觉预约候诊非常慢。提前咨询的时候才明白，在英国，就是一般的常见病来社区诊室，也得预约！

挂个号，结果三天后才能看病。周一早上去诊室预约，接待员小姑娘倒是热情，问我因为什么来看病，我说这里痒得难受，她问我要选择哪位医生，我对这里的医生不熟悉，就直言哪个医生都行。然后她就安排了一位医师，从电脑上查了日程，问本周四15：50是否可以，我只能表示接受。本来我的身体是小毛病，就是想能马上看医生，却要拖三天。本来我当时腿上还不算严重，结果去看病的时候，觉得自己的小腿看起来更加恐怖了。

预约成功后，我很快就收到了短信通知，告诉我预约的时间、地点和医师。这一点上，虽然英国节奏慢，但进入预约流程后，还是非常高效的。

后来经与朋友们的沟通得知，在英国预约医生很正常，而且不允许爽约，爽约大概两次以上且没有在规定时间告知的，将被取消预约资格。由于社区诊所周末是不上班的，如果遇到健康问题可以打咨询电话（非常好记的号码111），接线的都是经过专业医学训练的医生，会给咨询者提供有益的建议，紧急情况时就打999，呼叫救护中心派救护车。

（二）好环境——诊室环境与服务

按预约的时间来到候诊室，环境相当宽敞明亮。通过下图这个电子触屏，输入出生年月日，即能查询自己预约的时间，以及前面还有几个人，预约的时间是一个大概时间，也可能会推后或提前（根据前面病人病情而定）。

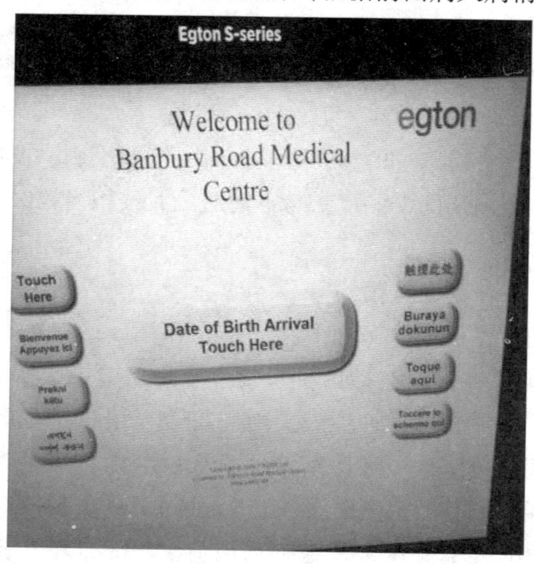

如果是年轻的爸爸妈妈来看病，这里还放了儿童桌椅和玩具。医院考虑到了带来的孩子，非常贴心。

整个候诊室只有一个老奶奶预约在我的前面。因为这里是社区医院，不像国内到大医院看病时那么拥挤。更重要的是，在这里看不到国内的诊所里很多人输液的场景，因为社区诊所只会诊，不输液。为了克服等候时的无聊，还放了不少消遣杂志在桌子上：

简评：这里的预约看病，较国内的挂号看病效率要低多了，感觉有病都得拖好几天，但从另一角度看，医生的休息时间较有保证，而且可以提前知道自己预约病人的基本情况。同时预约时间已经确定，医生可以在比较充裕的时间内和病人交流，保证了较好的门诊质量。

（三）医药分离，药价也不低

在我预约的时间到了后约 5 分钟，医生出来叫我的名字，我才进入医生的诊室。医生非常和蔼，问我病情，我把发痒的部位展示给她看，并告诉她以前从来没有过这样的情况。她认真记录后，思考了一下给我开处方，并闲聊了一会儿，问我是什么职业，喜不喜欢自己的工作。气氛非常轻松友善。在给我开过处方后，她告诉我用药的注意事项，需要坚持内服和外敷相结合，预计一个月治愈，并提醒我去药店里买药。

到这个时候我逐步清楚了：在英国医和药是分离的，不存在以药养医的问题，社区医生的收入也不从挂号费里提取（因为预约是免费的），他们应该是政府财政支持的。不用担心医生推荐给你的药费价格虚高并从中获利问题：患者可以持处方到任何一家药店（Pharmacy）买药。

告别医生，我来到街上，看到类似这样的药店有好几家，随便进了一家。药店的标识呈蓝色，很容易识别：

进入药店后，我出示了医生的处方，让服务员给我划价、取药。总共有三种药，价格是 21 英镑（换算成人民币约 180 元）。

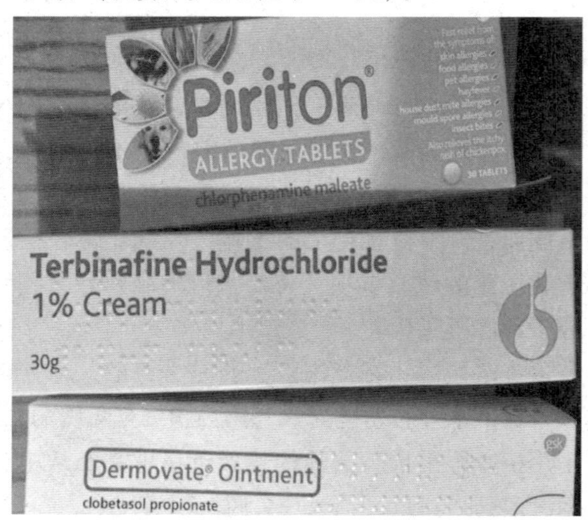

这三种药，比国内的要贵一些，在英国药费算不高不低吧。希望它们可以解除我的烦恼。

另，本文只是一次直观的接触英国医疗体系的案例，不代表对整个英国医疗保障体系的认知。我们要认识到，英国是发达国家，人均国民收入远高于中国，人口密度远小于中国，英国的医疗体制未必适合于中国。但这种社区型的医院在解决常见病、小病上还是具有一定的优势的，其流程、设施对我们亦有一定的启发作用。

五、"老烟枪"戒烟转型记

我坦诚，自己已是"老烟枪"了，自来到英国却慢慢不敢抽烟了。有时因烟瘾犯的时候扛不住，只好通过电子烟来替代，于是便成功地放弃了香烟。今天写下自己的亲身经历，为想要戒烟的人提供借鉴。

首先，先说一下抽烟的一般原因，简称"成瘾三部曲"。

第一部：自己感觉新奇、潇洒。

第二部：互相让烟是礼节，烟友相处很融洽。

第三部：慢慢上了瘾后，对尼古丁依赖，没了烟抽就焦躁不安。

就这样，成了老烟民。在我们抽烟人的世界观里，不抽烟不喝酒的男人是这样的。

那么，我们再谈谈在中国谁都知道吸烟有害健康，那么为什么很多人戒不掉呢？

一是香烟有诱惑（漂亮的包装、雪白的烟纸、金黄的烟丝）。

二是香烟价钱亲民，虽然有价高的，但一般中低收入人群都买得起。

三是公共场所禁烟执行力度不够。

最后，说说我到英国后，为什么不抽烟了。

其实也想抽，可接下来却不想抽烟了：

一是违法罚款罚得厉害。在英格兰，室内严禁吸烟，违反规定的将被罚款200英镑，差不多相当于人民币1800元。我就是再有钱，也抽不起啊。

因此，要想抽烟，就得到室外，可遇到天冷、下雨雪的时候，这样太难受了。

二是买烟的经历让我产生了厌恶感。英国的香烟包装，基本上已经不显示商标，更不会有漂亮的美女、帅哥、山水等形象，而是比较恶心的图案。我看到下面这两幅图时，吓得赶紧掐了手里的烟。这样的包装，你看了还想吸烟吗？

三是香烟比较贵，最便宜的也要卖到 8 英镑左右，相当于人民币 70 元左右一包，一支烟就 3.5 元，可以买一包方便面了。

四是不喜欢外国的烟草味道，没有香烟的感觉。既然看着恶心，又没有地方抽，又贵，又不好抽，就戒了吧。

最后在这里科普一下，让人上瘾的是尼古丁，这就是人想抽烟的根本原因。但烟草的有害物质，就是尼古丁、焦油和一氧化碳。

我现在能做的，就是逐步减少吸入尼古丁的量，转型成抽电子烟，逐渐用水果提炼成分的烟油模拟抽烟，最终目标是完全戒烟。

六、交通管制和守规矩：英国的交通文明

今天上街，发现道路上因维修管网漏水的施工工地还没有撤掉（印象中都有一周了）。这里周末市政工人不上班，令人感慨的是他们的施工速度可真是如蜗牛一般，完全是不急不躁的节奏：

这样的大坑，300 米左右的距离挖了两个，带来的麻烦就是原本就窄的道路只剩下一半了，也就勉强能让一辆机动车和自行车并排通过。可是在这样的情况下，整个交通依然非常有秩序，通行速度并不慢。下面，容我将这里的看到的管制和守规矩的印象展示给大家。

（一）信号灯管制

由于道路一次只能通过一辆车，就需要临时将双向行车换成单行道，于是在距工地两端50米处有这样的提示牌（此处提示为道路变窄，单向行驶）：

当你开车到这里时，是直接通过还是等信号呢？看信号灯旁树立的标志就清楚了。

红灯亮时，在此处等候。

如果你遇到绿灯，直接通过就行，不用犹豫和担心：

（二）守规矩

有人会担心，如果绿灯时我通过，会不会对面有车开过来？放心，在英国绝对不会发生这样的事！遇到这种情况时，大家都很有耐心。没有任何人会在你后面狂按车喇叭鸣笛催促，大家排队依次通过，不急不躁，不慌不忙。更不会有人红灯时冒险往前走，造成两车顶头都无法通过的情况。因此，这样临时出现的单行道，虽略有停车，但不会造成堵车。

其实这里只有信号灯，并没安装电子眼，更没有警察在此执法和疏导交通，但井然有序，管制之外就全靠老百姓遵守规矩来维护秩序。

我对英国的行车文明也非常诧异，道路比较窄，而且很多还年久失修，但却很少拥堵（伦敦因为是特大城市，例外）。这里再举几个例子：

（1）行人放心通过斑马线。行人要从斑马线过马路时，手按信号灯，绿灯亮时，只管放心过马路，根本不用担心危险。因为不仅机动车会自觉停车，连自行车也会自觉停车等红灯让行人。更重要的是，这里一般不鸣笛，大家普遍认为鸣笛是非常粗鲁的行为。

（2）单边桥的礼让。我被朋友载着走过英国乡村小路，遇到单边桥时，都会有信号灯，当我们的车走过桥的最高点时，看到前方路边对面停着一辆车，司机微笑着向我们摆手示意，意思是欢迎我们安全通过。

管制与自律，是保障社会秩序的两种重要力量，前者要求社会及时出台应对措施并惩戒不遵守者，后者需要公民的文明修养与高度自觉。只有当两者都具备时，良好的社会秩序才能顺理成章。

七、路灯坏了怎么办

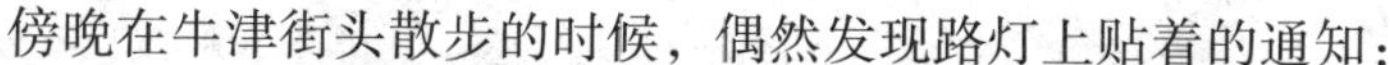

傍晚在牛津街头散步的时候，偶然发现路灯上贴着的通知：

看了这样的通知后，很受触动。

其一，有人文层面的关怀。善意提醒：不要在黑暗里摸索！如果灯不亮了，请帮助我们报修。

路灯就是给路人行路方便的，纳税人有权利走在照明良好的街道上。这样的提醒，显得市政部门作为服务者比较“懂规矩”。但接着可能会想：我作为普通的过路人，没义务帮你们发现问题，而且我要反应问题，但不知道要向谁联系和怎么联系。再往下看，马上就释然了。

其二，联系方式清楚，且通话免费。提供了联系方式，还特别注明，拨打这个号码是免通话费的。

瞬间，你应该没有顾虑，有“责任心”来反映问题了，而且人家还提醒你：报修的时候请报上路灯的编号，这样就很容易定位是哪里的路灯坏了。如下图显示的：

看了英国人的市政维护细节时，不能不感叹他们考虑得很细致。

我们常说，赢在细节！很多城市管理和服务，需要的就是细节，让市民方便，让维护方便，让沟通更方便。这样，我们的城市，才会既有现代化的基础设施，也有人性化的管理和服务，在细节处彰显对民生的重视。

八、伦敦机场扩建：拖沓还是审慎

据 BBC 报道，英国政府内阁的经济委员会终于通过了伦敦希斯罗（Heathrow）机场扩建提案，预计将于 2018 年 7 月 11 日提交议会投票获得通过。未来的伦敦国际机场将更大、更方便了。

其实，在英国，这个扩建的倡议在 20 年前就有了，但到现在仍未开工。而且，据说如果一切顺利的话，要到 2026 年才可以建成第三条跑道并投入运行。

伦敦作为全球性的国际化大都市（现有 5 个航站楼），机场的价值是毋庸置疑的。保守估计，伦敦机场增加了第三个跑道后，年客运吞吐量将从现有的 8550 万增长到 1.3 亿，额外创造 6 万个新的工作岗位，预计到 2050 年，将创造 700 亿英镑的总收益。

这么好的项目，在英国竟然拖了 20 年。各种因素在阻止这个所谓的赚钱的扩建工程，理解了这些，便能明白英国这个君主立宪制国家的社会运行成本和谨慎决策的要义。

为什么如此看好的、利国利民的（国内一般都会叫民生工程）项目在英国会拖这么久?

（一）党派之争

在政府中执政的政党，往往会把发展经济、增加就业岗位作为自己的“得分项”。而在野的反对党，常常通过与执政党辩论、抗议来表明自己的存在感，显得自己更关心民众切身、长远利益，以期在未来的议会竞选中，争取更多的选票。

可怜了这项扩建提案，在过去 20 年的时间里，英国工党执政时曾力主马上开工，但保守党（在野）却大力反对。而保守党执政后，忽然重提还是开工了好，但在野的工党又开始提环保代价太大、财政经费紧张等理由，反对开工。总之，各政党围绕建还是不建，常常在电视、报纸上辩论，都显得自己关心民众，但立场迥异、相互掣肘，拖延至今。这大概就是民主政府的困境，你急他不急，他急你泼冷水，一切为了选票!

（二）村民不依

毫无疑问，如果开工修改新跑道，这几个区域的村民生活将大受影响，如施工车辆剧增、水质污染、外来人口增多、噪声扰民等。更麻烦的是，不少居民将不得不迁出，移居别处。

在国外，由于土地是私有的，如果村民不配合，不接受补偿方案，项目就将夭折。据英国交通部的消息，他们已经拟出了一个对当地居民赔偿达26亿英镑的方案，以配合希斯罗机场的扩建工程的实施。

未来该项目的进展如何，就看当地村民的接受和配合程度了。伦敦机场的扩建方案，从一开始就受到一些当地村民的抵制，这是决策机构在决定是否扩建时出现多次反复的一个重要原因。

（三）环保组织声援行动

和政府机场扩建项目“唱反调”的，还有环保组织的声援行动，他们言之凿凿地说，扩建会加剧空气污染：伦敦机场每天将增加700架左右飞机起降，并带来其他交通工具的增加，由此大大增加空气污染程度。还有对当地地表、地下水质、交通等都会产生很大的影响。

这些环保组织经常通过参与报纸、电视上的辩论，来扩大其影响，结果使得社会各界看待扩建机场这种“大好事”、民生工程、标志工程时，反而更冷静、更有争议了。

西方发达国家因其决策程序规范，导致其“拖沓”的毛病，但也有科学和谨慎的优点。

九、英国公交站台的布局

常在公路边走，对牛津的公交站台是最为熟悉了。在国内也常坐公交，现在向读者们介绍牛津路边公交站台的布局，让大家对英国等公交车的体验有一个清晰的感受。

根据我的体会，牛津公交站的设置极简便，很节约面积和成本，但将主要的功能都涵盖了。顾客在站台等车，算是比较体面和便利的，我们可以与国内的公交站台联系来互相取长补短。

（一）能遮阳和避雨

等车的时候，遇上烈日炎炎或是凄风冷雨，上面要有棚来遮阳和避雨，这是建公交站台首先要考虑的因素。牛津的站台就是这样的：

站台上方是有棚的，能遮阳和避雨，这样就可以成为避风港了，如果是在风雨交加的时候，到公交站台处避雨，就会感受其价值了。站台的两侧加装了透明玻璃，一侧用于灯箱广告，可以为公交公司带来收入。面对车的来向的一侧只有半幅透明玻璃（英国车辆是靠左行驶），而且是全透明的，乘客坐在里面就能观察外面的情况。

（二）休息与吸烟相兼容

英国室内禁烟是非常严格的，罚款重（在禁烟区抽烟罚款为 50 英镑，相当于人民币 450 元，如果被法院起诉，最高可达 200 英镑，相当于人民币 1800 元）。而公交站台是有棚的，自然要申明在此禁止吸烟，以保护所有候车人对清洁空气的权益。这些他们都已经考虑在内了，看里面的禁烟标志：

可是，现实中，很多等公交的人往往心里很焦急，或很放松，抽烟的人等车的时候特别容易犯烟瘾。于是在站台之外，又设了一个长椅，供候车的乘客休息。当然，我看过抽烟的人，往往就坐在这样的长椅上。这样的布置，就考虑到两类人的不同需求，且大致可以兼容：

（三）保护环境处处有

在英国，空气中的扬尘相对少，人们的行为非常自觉，这样的长椅建好后，基本不需要维护。站台旁还备有垃圾箱，垃圾入箱成了市民的自觉行为习惯。这里路面大概两三个月才看到有工人开着机械车辆来清理枯树叶。

（四）信息提示显神通

以前以为英国属走下坡路的资本主义国家，信息化程度低，看了这个站台的信息化程度后，颠覆了我的认识。

首先，下图中的公交站牌上显示着每天发车的班次时刻，一般误差不超过5分钟。乘客等车的时候，就会心里有数。

其次，站内竟然有电子提示牌，跳动的数字显示将要到站的车次和预计时间，让人不再盲目等车。

最后，公交公司还正在推广牛津智能区（Oxford Smart Zone）的方案：在图中所展示的区间内实行乘车一票制，只要是该公司的车都可以上，以给市民出行带来方便。

公交站台，体现的是城市的文明和细节。我们国内的人口密度远大于英国，不可能完全以英国为样板来复制，但能让忙碌了一天的人们，坐着等车，更方便地等车，这也是城市文明的进步。

十、从租电器经历上感知到的英国诚信

临近回国之际，房东老太太开始露出其较真、苛刻的一面，在逐项清理了物品之后，提出必须要把房间的地毯恢复如新。经过多方了解后完全弄清楚了：由于英国的劳动力成本高（牛津每小时工资最低为 9.68 英镑，相当于每小时 84 元人民币），如果是请专业的公司来打理地毯，差不多得 100 英镑。想着还是要弘扬“自力更生、丰衣足食”的精神，那就由我亲自来解决这个麻烦吧。

听朋友的介绍，住所附近就有家干洗店有地毯清理电器供出租。于是，就直接带上证件（护照）上门咨询，店里的职工很热情，简要向我们介绍了使用说明，并给了一张使用说明的单子，还说可以看网站上的视频介绍，产品很好用。就是下面的这款所谓的地毯医生（Rugdoctor）：

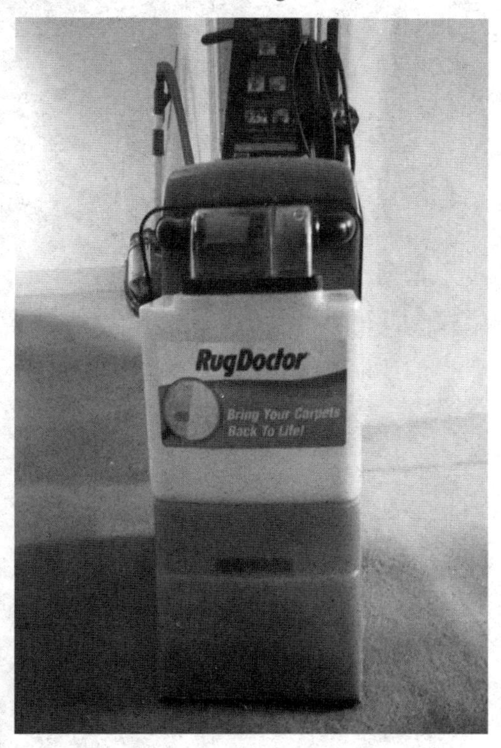

竟然没有押证件或交押金：地毯清洗机的租金是每天 23.5 英镑，再加上清洗液，大概就是 30 英镑。在付完一天的租金 30 英镑后，店员填写了单子，根据我所提供护照上的姓名进行了简单的登记（姓名、住址、电话），然后就让我

们把装备推走了。

出了店门，心里不禁犯嘀咕：这个“高端”的电器，起码也要值上两三百英镑吧。这既没交押金，又没押证件的，难道就不怕顾客出门把它低价 100 英镑卖掉不还了？再转念想想，估计这样的事儿，在这样的国度里基本没发生过。如果连续发生几起，这里的英国人早就变“聪明”了。而在这样看似“傻傻”的英国人的背后，有着深厚的诚信基因呢！

使用效果和预期：按照网上（Youtube）找到的如何使用地毯清洗机的视频资源，简单自学了一下，灌水，加洗洁液，开动马达，仅仅走了一遍，发现效果非常好，和店员向我们推荐时用的形容词 excellent 还算匹配，感谢这个店员没有过度吹嘘。

这是清洗之前的地毯，怪不得房东老太太提出要求：

这是机器走过一遍后的效果，感觉真是“卤水点豆腐——一物降一物”：

在使用机器清洗过程中，由于专用的地毯清洗液比较贵，我进行了一定的

“改良”，装入普通的洗洁精，调试后发现效果比较好。于是便反复装水、倒入洗洁精、倒掉脏水，几遍下来，地毯已经是整洁如新，基本恢复了新地毯的90%的样貌，便推着机器去店家归还。

店员还是那个店员，他微笑着问我效果怎样，我说还挺满意，他挺开心。他主动问机器是否正常，我说上手简单，使用方便，然后他说把机器放下就可以了。我稍微有些犹豫，感觉似乎少了些环节，而且使用中发现机器下面的毛刷子掉了一片毛（属于正常损耗），但机器的确是正常工作的。就这样算是还了机器，店员没有详细检查是否被我用坏了，或是否哪里被擦掉一块漆之类的，完全信任你，放下就可以离开了。

退还物品竟如此简便，我曾经担心他要检查一阵子的，不料想别人完全没有那种怀疑，而是满满的信任和感谢我们使用后归还的神态。退还机器的过程让人感觉很愉快。

虽然人在英国，完全是异国他乡，但在租用机器的过程中，丝毫没有感觉出作为外国人会受的委屈，相反感受到的是友善、信任。这就是英国诚信给我的真实体验。

第四章

英伦风情

一、圣诞预热之英国灯节篇

11 月 17 日晚，有朋友推荐我参观当地的灯节（Lantern Festival）。参加之前，在网上查了一下，当天似乎也不是什么传统节日，但从预告看，活动很丰富，便带着好奇心和同事一起上街看个究竟。

（一）节日活动丰富多彩

市场农产品、手工艺品、服装均有，各个摊主支起架子，守着摊位叫卖。

各种小物品，东西虽小，价格并不低，大多在 20 英镑左右：

装饰品摊位：

在牛津这样的大学城，希望卖钢笔的有个好生意：

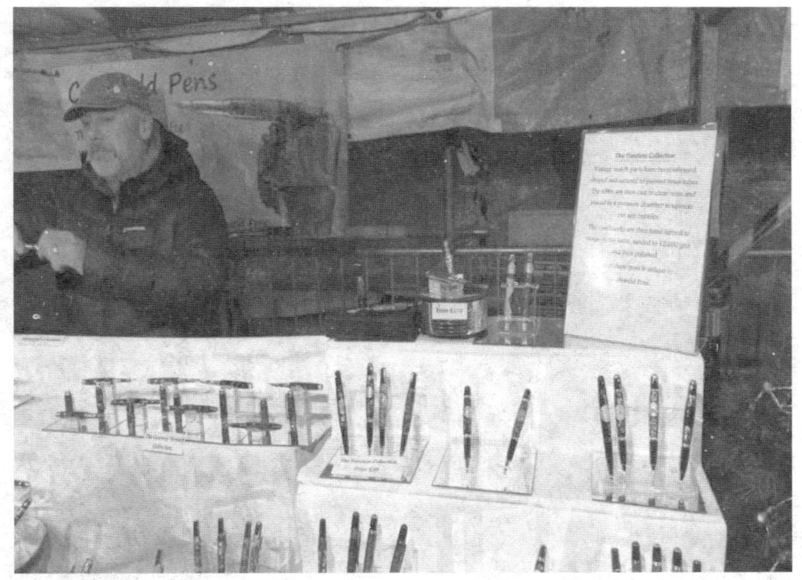

世上并不都是富人，买便宜衣服的顾客更多：

从南到北，从东方到西方，普天之下，果然都是吃的最受欢迎，英国也不例外。最拥挤处，有很多人在看、等、吃。

这家生意不错，服务员忙得手脚不闲：

这家是烤牛排，可惜有点贵，食客寥寥：

店员看到有游客用相机拍照就很主动配合摆姿势，看起来其乐融融。

这夫妻俩貌似是印度来的，生意不错：

玩的就更多了。小型乐队，一个伴奏，一个主唱，简单的舞台和灯光，即可以开始音乐演出了。

草垛子观众席可以说是非常原始环保且暖和了：

游行庆祝很特别，先是乐队开道，然后是持灯游行，真正体现了灯节这一主题。吹吹打打的领队：

游行队伍中的志愿者：

灯的外形像是打开的书，参与者往往为中小学生：

（二）商业与娱乐融合，政、商、民、艺各得其所，各享其利

参加了这么热闹的灯节庆祝活动后，会有一种忙而不乱、闹但不脏的感觉，没有恶俗性表演，没有食品卫生问题，也没有造成严重的交通拥堵。根据我的观察，看似杂乱的庆祝活动，似乎有如下的诀窍：

1. 商业与文化、娱乐融合，既有百姓消遣，又有商户销售

灯节是文化娱乐活动，普通百姓参与丰富多彩的广场文艺活动，周末得以休闲，心情得以放松；文艺团体均是免费表演，自己得到了锻炼和演出机会，政府也不收场地费，自己搭建演出台就行，观众的热情支持就是最大的动力。边吃边看节目的群众：

2. 灯节又有大量的销售利润

那么多的外来商户摆摊营业，本地的商场自然迎来大量的顾客，延长营业时间，顾客数量大增，自然会有钱赚。所以，较好地实现了商业与文化娱乐的融合。

当晚市场里的中餐快餐点生意真好：

3. 政府给予管控和支持，秩序和安全有保障

政府为灯节提供了有力的保障：封路提醒。由于当天晚上会出现占道经营和演出，牛津市政府通过各种媒体进行预告，提醒过往车辆知晓。现场安全有保障：

紧跟着灯节游行队伍的医疗保障队员：

4. 赞助方较为“聪明”，隐性的广告不至令人反感

这次灯节的赞助方是本地几大著名的企业，主要有连锁超市 Sainsbury's、两个公交公司（Stagecoach，Oxford bus company）和新开业的大型购物中心 Westgate 等。公交免费：持有灯节邀请函的（一般为参加灯节游行队伍的中小学生）免费乘车。为了让灯节活动顺利进行，赞助方给予了有力的支持，灯节游行用的所有材料均免费提供，鼓励家长和孩子自己动手制作，而且提供简单的用餐。

中国宝宝制作的灯节道具：

可爱的中国宝贝

特别值得一提的是，赞助方如 Sainsbury's 当天延长营业时间显然得到了一定的商业回报（参加活动后顺路去超市购物是顺理成章的事）。而游行的队伍围绕着大型购物中心 Westgate 走了一圈，其中的道理自明，当天晚上的 Westgate 将营业时间延长到 10 点（以前基本

上6点打烊)。赞助方仅仅在网络的公告最后显示自己的公司图徽，并不要求在当天晚上的灯节游行中打上公司的字幕，其隐性的广告效应让人觉得较为亲近且不反感。

(三) 对办好中国式节日的启示

仔细想来，这里灯节的繁荣程度比不了咱们中国的元宵节。在我的记忆中，家乡元宵节时，会有吃、喝、玩、演出（各种地方戏）、猜灯谜之类的活动，群众性的锣鼓队竞相比赛，热闹非凡，男女老少皆喜气洋洋地参与其中。遗憾的是，这些风俗慢慢趋于衰微了，尤其是在大中型城市，出于安全或管理原因，使传统的佳节趋于冷清了。这里提出两点启示性的建议，供参考：

1. 不能因担心安全和麻烦就取消庆祝这些传统节日

在城市办群体性庆祝活动，的确会增加管理成本和工作任务。但政府的职能就是要提供安全环境，这是政府的基本职能，回避不得。通过举办这样的活动，既真正保留了我们本土丰富多彩的传统文化，又能让群众参与和享受社会主义文化的成果，还能适度增加就业门路和营业收入。

最近一些年来，我们的传统节日观念日益淡薄，年轻人慢慢亲近“洋节”(万圣节、感恩节、圣诞节等)，而我们的端午节、中秋节、元宵节等传统活动离百姓越来越远。因此，地方政府要勇于办好这些传统节日，实现经济建设、文化繁荣、群众乐享的整体发展态势。

2. 商业赞助要“聪明”

不可否认，商业赞助对办好庆祝活动极为关键，但赞助有效而不暴露和直接，是需要极大智慧的。所谓赞助要“聪明”，就是不一定要做得那么功利，让参与者自然感受企业的社会贡献和产品吸引力。

群策群力，让我们的传统节日变成老百姓的欢娱之节，享受之节吧！

二、在英国“看”圣诞节

圣诞节，在西方就相当于中国的过年，就是居家团圆庆祝过去的一年的节日。现在的我，正近距离地感受着英国的圣诞节，又联想到国内的过年和我们“洋为中用”的圣诞节。因此，虽然在英国，但家不在这里，不能算是过节，只能作为旁观者来“看”他们这个节日。

对于我这样过了不惑之年的人来说，在国内对圣诞节基本上是不疼不痒：仅仅是知道有这个节日，但不感兴趣，不参与，也不反感，算是麻木型的。

圣诞节在中国，似乎还是很有热度的。不少商家会借此搞优惠促销（也有伪打折的可能），而人们尤其是年轻人则会通过赠送平安果来表达心意，抑或相爱的人趁此机会表白，或者好友一道出去聚餐购物，凡此种种，对于圣诞节的原始意义，我们国人是不太关心的，只要借此机会乐呵乐呵就行。以下是我在英国的“平安夜”见闻和对“洋节”的思考。

（一）平安夜见闻：过节的气氛

昨天晚上，是圣诞节前的平安夜，我专门去街上考察和体验，路上看到一些家里灯火辉煌，一般门口或客厅都会摆出挂了灯饰的圣诞树，全家团圆就是过节了。由于英国也是禁放烟花爆竹的，所以没有烟花爆竹，倒也安静，街上行人明显少了，商场也早早地关了门。

圣诞节的牛津宽街上，路人稀少：

虽然路人稀少，商店都早早关了门，但商家却精心布置了橱窗，为的是在12 月 26 日（Boxing Day）大肆打折出售。因此，每个商家都特别用心，下面展示一些漂亮的橱窗。大大的优惠价标签：

这家的灯光很亮，希望吸引路人注意它的服装：

这家打扮得仿若仙境：

精心打扮的书店：

萌萌的糖果店：

儿童玩具类、礼品类更眩目，色彩也很艳丽：

看了这些图，读者会明白，圣诞节在英国，就是一个全家团圆的传统节日。但现在，很大程度上为商家所“重视”，成为各个商场巨大的销售狂欢季了。这一情况，在中国也是如此，端午节，快蜕变成只是吃粽子了，中秋节是月饼，春节是各种年货了，传统习俗很大程度上笼罩在现代商业的氛围里了。

（二）我们需要抵制圣诞节吗?

身处国外的时候，发现外国人的圣诞节并不热闹，也只是全家团圆，给孩子预备新年礼物，全家到社区教堂里参与公共祈祷活动的节日，而前面展示的图片是商家利用这一节日，吸引人气、扩大销售而精心布置的，这倒是跟国内的圣诞节时给朋友送礼物，参加公共娱乐活动差异很大。

最近一些地方出现了抵制“洋节”的活动号召，甚至有传言，某大学在平安夜组织收看传统文化节目，诸如孔子的教育片之类，表明其弘扬传统文化的坚定态度，还有的上街宣传，反对文化侵略，中国人不过“洋节”之类。

在我看来，国内所过的圣诞节，仅仅是我们所理解的“圣诞节”，而非原本形态的圣诞节，我们只不过取了其中有益和有趣的部分而已，年轻人只是想通过圣诞节乐呵一下，并不关心圣诞节背后的意义。

也有人说，圣诞节是西方文化的代表，如果中国人跟着过圣诞节，就是西方文化侵略日益加深的表现。这样的论点是缺乏文化自信的表现：我们坚持宗教信仰自由，我们有我们的信仰，他们有他们的信仰，各行其是，相互包容理解，才能使世界丰富多彩。

反过来，如果我们在国外的时候，看到外国人也举牌上街，抵制我们中国的文化，比如“不过春节”“抵制端午节”，我们会怎么想？我们也要“己所不欲，勿施于人”才好。

文化，首先是民族的，然后才是世界的。如果我们中国人的春节、元宵节、端午节、中秋节在国外的影响越来越大的话，也会让外国人好奇和效仿的。国内有些年轻人喜欢过圣诞节，无非是觉得它新奇、好玩，那我们也要在接触西方的过程中，不断发掘优秀的、为百姓喜闻乐见的，尤其是能吸引广大年轻人参与的中国特色节日活动，这样我们哪里用得着抵制“洋节”呢?

记得我们小时候，特别盼望过年，由于长期生活贫穷，盼过年有好吃的，穿新衣戴新帽，放鞭炮，盼过年到处去玩，盼过年期间大人再不会斥责我们（在我的老家河南，有过年期间不许训斥小孩的风俗）。虽然禁放烟花爆竹确实冲淡了年味，但我们也要关注和解决导致现在年味越来越淡的其他因素：

比如，在英国，提前十来天就进入圣诞假期，每个单位只留一个值班人员即可，如果的确没有事情的，就全员放假。

又如，过年发红包本是图个喜气，可有些地方却是攀比红包的大小，造成很多人怕过年了。

再如，过年期间，中小学生作业过多。竞争压力大使得很多孩子补习班都快上到年三十了。孩子们过年只剩下完成作业外的打游戏、抢红包了。

看了西方的圣诞节，反观国内一些人求“洋”求新的心理，我想，要很好地回归我们自己的传统佳节——春节，就要通过制度、文化等方面的优化，使我们的年味更浓一些，使男女老少都能玩得开心，这也是增进文化自信的一个方面。

三、泰晤士河河边人家

在国内时，一看到泰晤士河，便联想起宏伟、现代的伦敦，对这条河不免有很多的敬畏、向往。来英国半年后，经常去上街走路，沿河边走时竟然发现牛津这里的河就是泰晤士河（River Thames 的音译似乎泰姆士更准些）的上游！今天在这里记录一下泰晤士河的遗迹及住户人家。

说起这条运河，不仅流经牛津，而且是连通全英国的。这条运河很能体现英国历史上的辉煌：中国京杭大运河的功能主要是运粮、布匹、丝绸、棉布，而英国的运河则基本是工业革命的产物。工业革命开始产生了大量商品的运输的需要，蒸汽机、纺织机等出现后，对能源、原材料、制成品的巨量需求使得对运输的需求激增，由于英国多雨的气候和河道密布的特征，运河航运就成为最佳方案。从 18 世纪开始，英国开始陆续修建运河，直至 19 世纪中期，形成了联通全国的运河网络。

当时英国的运河上的船，一般是马拉（在没有安装机器动力前）。据知情人讲，这样的运输，在 18 世纪相当普遍，但当船只过桥时会极为不便（也许有朋友会联想到中国的纤夫）：

由于铁路、公路的竞争，今天的运河已经不再具有货运功能，更多的是用来游览观光了：

这里有一个巨大仿轮舵状的建筑，显示着运河曾经是用来跑船的：

1990 年，为纪念牛津运河历经 200 载，由牛津市市长为此纪念物揭幕。上前仔细看时，看到这样的纪念文字：

河边花草茂盛，这种 Snow Drowps 花在春天吐蕊绽放：

还有黄色的水仙花（Daffodil）亦不示弱：

在河边，总少不了野鸭出现，而且从来都是成双成对（在中国的这一类，我们称为鸳鸯），羽毛彩色光亮的为公野鸭：

还有一种叫苍鹭（Heron）的水鸟，你猜它在干什么呢？

它有着长长的喙，如果看到鱼虾，可以直接从急流中叼出来。

今天着重介绍停泊在运河河道里的船，这些船已经卸掉了动力设备，成为住户的寓所了。居家出行的自行车，都放在“家”门口了。木匣子就是邮箱，邮局的人会按时来收取信件：

更现代化的邮箱，显示着主人家姓名：

也有的船上人家的信仰符号是彰显出来的，把手捧莲花端坐的菩萨放在船头：

为生活便利，电力公司提供了电源（含电表）。电表也为刷卡式的，存款后刷卡用电，体现了传统与现代的结合。

还有自来水供应，也为刷卡式：

看来在这条古运河上生活的人们，亦可以享受较为便利的三通服务：通水、通电、通邮。

一点感想：英国房价高，很多年轻人和外来移民无法承受高房租，政府也是千方百计解决住房这类民生问题，连这条古运河上的船都用上了。但是，这些地方一样能通水、通电、通邮，使传统运河资源与现代公共设施相结合，为民生提供便利。

我们常觉得英国在走下坡路，但“破船还有三千颗钉”，我感觉英国的基础设施之强大远超乎我们的想象。这也提醒我们在快速经济发展中，要不断补上各种民生设施的短板，比如夏天有更多的纳凉地点，冬天有更经济实惠的供暖场所，饮水、电力、燃气等设施更加安全、便利，邮政快递全覆盖，等等，能够让不同人群、不同地区，共享经济社会发展的成果。

四、周末的泰晤士河河边

今天周末，沿着泰晤士河河边散步，拍摄记录一下风景，看当地人周末是怎样休闲的。

在英国，周日是休息日，政府部门、邮局、银行一般都不上班，虽然商场、超市会营业，但打烊时间比平时要早1个小时（周日超市下午5点就打烊）。

由于信教较普遍，人们周日上午会去教堂参加祈祷，其他时间多是陪家人休闲，周末加班在英国是极为罕见的。在天气合适时，大部分人会选择外出郊游来享受生活。

泰晤士河水量较大，水质干净，水中有鱼，水面上有不少野鸭、苍鹭和水鸟。只是水鸟是严禁猎杀和抓捕的，老百姓会认同水鸟都是女王的财产，绝对不能碰。泰晤士河河水清盈，且无杂草。下图中正面的是泰晤士河，左侧是运河，运河上停泊了大量游艇。

河边小路干净，野花繁茂。小路由碎石子铺就，走起路来沙沙作响：

亲子休闲很惬意：

河边的长椅，坐在这里看看风景，发发呆，想想问题，都很不错：

摇桨划船水中游：

最羡慕这种方式，既能呼吸新鲜空气，饱览河边风景，而且还能锻炼身体，算不算是“三合一”的休闲方式？

都说在牛津是慢节奏，是享受生活，这话显示了西方国家处于低速前进甚至是“坐吃山空”中。

其实在这里不仅是享受，人们工作时也是讲究效率和工作质量的。牛津大学科研成果丰厚，享有极高的学术地位，有一大批杰出的学者在勤奋钻研，但他们将周末用来放松、娱乐和充电的方式，对我们也是一种有益的启示吧。

最后再附一张街景：雨点愈来愈稠密，街上的酒吧、餐馆俱满：

五、从牛津到伦敦

从牛津到伦敦距离 85 千米左右，昨天乘大巴前往，往返通过网络购票，价格更实惠，一个人往返的票价约 14 英镑。

牛津，据官方估计人口为 16 万左右，是大学和城市的融合体。牛津是典型的人口少、节奏慢的城市。

早上 6 点 30 分的主干道 woodstock 路：

牛津的公交站没有候车大厅，也没有安检，乘客来了直接购票，或者展示你的网络购票凭证，也可以向司机购票，总之，来了就可以上车，这样既节约了时间，又节约了空间。

登上了这样的双层大巴：

为了欣赏风景，我直接上了二层最前排的座位，以便能领略沿途风景。

车上条件非常便利：一是有卫生间；二是有免费 Wi－Fi，乘客可以使用公交上的无线网络；三是可以充电。如果你提的是比较重的行李箱，也不用担心，英国的司机非常绅士（也许是其职业要求），会帮你搬上搬下的。

早上七点钟，大巴驶出车站，不拖延时间，也不催问还有没有人上车，到点发车。离开牛津的高街时，抢拍了一张：

路上经过加油站，看到路上标示的车辆行驶道路规定，包括行人、自行车、公交等，违反者都会面临高额罚金：

英国保留了大片的农田，由于农业人口少，地块往往比较大。这里随机拍了一张：

由于英国地势起伏不平，多雨造成湿气较重，早上七点半左右，显得雾蒙蒙的：

有些地方，还保留着牧场：

车辆逐渐增多，车速降低，快进入国际大都市伦敦了：

伦敦市区的海德公园，虽然伦敦寸土寸金，但市政府在公园上却毫不吝啬：

到了终点站白金汉宫路，习惯了中文的表达，真的到了此处，读了一会儿英文才悟出来：原来这里就是白金汉宫啊。

伦敦提供了大量的自行车，集中停放，听说中国的 OFO 和摩拜单车都进军了伦敦，不过好像没看到。倒是这种本土叫 Santander 的共享自行车比较常见：

不过，在伦敦街头，一样感受到了中国元素，这里有一家维多利亚风格的酒店，看起来好高端：

仔细看了，竟然是高档的中国风格酒店：

好了，正式进入伦敦，路上用了1个小时20分钟。

六、白金汉宫：庄严不失祥和

来伦敦的人，多少都会对作为女王住地的白金汉宫感兴趣。顺着街道走时，看到路边已经有白金汉宫（Buckingham Palace）的纪念品商店，就可以感知著名的白金汉宫离此不远了：

再往前走，游人明显更多了，凭感觉猜想该是女王的宫殿了。但走到宫殿前，会先看到橱窗里展出的背景资料。

一个是女王的老家的城堡。现任女王的老家在苏格兰的爱丁堡，那里有座名为 Holyroodhouse 的宫殿：

再有就是温莎城堡（Windsor Castle），这一城堡也是女王的官邸，是她偏爱的周末度假地：

还有一个橱窗，展示的是皇家最气派的装备——“金马车”。其实这辆车并非纯金，而是名贵的木材镀金而成：金马车高 3.6 米，长度超过 7 米，重达 4 吨；装饰有小天使、皇冠、棕榈树、人面海豚尾的海神雕塑等，需要 6 匹马来拉。用“车轮上的奢华宫殿”来形容它也不为过。

下图是橱窗里展示的女王盛装出场的画面：

2015年10月，习近平主席和夫人彭丽媛受邀来访，中英双方希望开启两国关系的“黄金时代”。女王夫妇陪同习近平夫妇，乘坐金马车从林荫道进入白金汉宫。皇室希望通过这种庄重、豪华的仪式感，给来访的国家元首以最高的尊重。

往前走，看到高高的铁栏围着的宫殿，就是著名的白金汉宫了。站在栏杆边，先拍个远景：

再来个正面照，可以清晰地看到着古装的禁卫兵：

这些卫兵很威武、神气，再拍近点儿的：

仔细看了一会儿，感觉这儿的卫兵军纪有些“柔性”。他可以左右手臂轮流持枪，并踢正步走上五六步，再回到原岗位。

一头狮子和一匹马，托举着皇冠，狮子代表着威武和征服，战马代表着军队。大门上的镀金雕刻：

左右的立柱上，是两个小孩托举着皇冠的雕塑：

正对着宫门的，是一座巨型镀金女王雕塑，底座上有各种保佑的神灵：

女王雕像四周还有一座人驯服了狮子的雕塑：

宫殿的左侧，是皇家公园（格林公园，Green Park），大门口镀金的栏杆，显示公园的尊贵。但普通人都可以自由进出，感觉又很亲民：

进了公园，远看有遛狗的、跑步的市民，感觉虽然离皇宫这么近，似乎并没有那么森严的安保氛围，而是挺祥和的：

偶尔也有卫兵经过，骑马慢行式的巡逻，也算是独有的景观：

环绕雕塑广场，精心培育了园圃，恰逢春暖花开，甚是精美：

顺林荫道远眺，两边悬挂了许多英联邦国家的国旗：

今天讲述的是白金汉宫的庄严和高贵，但宫外环境和氛围中不乏祥和与亲民，这也是成熟型社会的一片天地吧。

七、多元伦敦

本节以图带文，以文导图，介绍我看到的多姿多彩的伦敦。

（一）复合型植被

初看到这样的画面，感觉很亲切，以为跟中国庭院、办公楼的爬山虎是一样的。但走近了细看，却发现大不同：一是复合型植被。有爬秧子的绿色植物，也有点缀其中的开着白、黄色花的花草，总高有四五厘米，遮阳效果很好。二是墙体外加固了金属支撑物。为了防止植被生长对墙体产生的潜在破坏，在墙体外加固了一层金属支撑物，植被都在金属支撑物外面生长。

（二）皇家马厩（Royal Mews）

这是快到白金汉宫时看到的一个红色牌子，从远处看到这样的英语，让人迷惑了好久，是皇家新闻吗？不对吧？

后来才弄明白，原来这个 Royal Mews 是个专属名词——皇室专用车库。保管着王室的主要交通工具，包括马拉的四轮车和机动车，主要用于加冕礼、国事访问、王室婚礼等重要仪式。马厩里除了金马车以外，还保管有英国王室的国车（State Car），包括 2002 年金禧年获赠的两辆宾利和三辆劳斯莱斯。

（三）国家画廊（The Nation Gallery）

在宏伟的特拉法加广场（Trafalgar Square）对面，就是这个国家画廊。

画廊门前有各种民间艺术家摆摊位，有画画的，有弹吉它的，也有搞小魔术表演的，尤其是图上这个人很有特点：

这样如雕塑般造型的，都是人穿了道具，邀请游客合影，挣点零花钱（看到脚前面的小盒子了吗）。

（四）古典式威武的皇家卫兵

直接上图：

游客争相合影留念，这里的卫兵可不是古装雕塑，是真人：

卫兵换岗，是来伦敦必看的一大景观：

（五）政府和议会

英国政府和议会离得很近，步行五分钟，穿过马路就到。但当走到著名的唐宁街10号——英国首相官邸时，还是感觉略微有些普通：

门口值勤的保安，提醒这里应该就是政府办公驻地了：

这里应该就是英国首相工作的地方，相当于我们的国务院所在地了。只是坊间有传闻，这里面办公场所过小，首相和官员都抱怨环境太拥挤，只是议会至今也没同意扩建或搬迁。

走过马路，很快就到了议会大楼（非常长的大楼）：

这是议会大楼的一角：

看出什么差别了吗？很明显，议会大楼比首相官邸气派：占地面积大且庄严气派。可见其议会地位高于首相。

（六）灵魂和纪念之地

议会大楼一路之隔，便是威斯敏斯特教堂。这是国家级最高教堂，里面安葬有过去的国王和历史上的伟人（诸如牛顿、洛克等），据说霍金去世后也被安葬在此处：

（七）艺人、游人

从远处听到苏格兰的风笛声，这次是看到了穿格子裙子的英俊男子卖力地吹奏音乐，当然他更鼓励游客和他合影，并经常以目视示意游客往面前的盒子投币：

街上游人如织，听声音，有很多种语言，似乎并非全是英语，尤其也见到了不少亚洲人的面孔，诸如日本人、韩国人。算不算国际化大都市，看街上的人群就知道了：

八、英国乡村舞（Morris dancing）

四月底至五月初，英国的天气基本告别冬天，处于由春至夏的季节。在这样的季节里，人们开始换上夏装，迎接美好季节的到来。刚好今天赶上了英国的乡村舞蹈，看到英国人对传统习俗的坚守和热爱，特记录之。

说起英国的乡村舞蹈，以这种莫瑞斯舞（Morris）最为典型，这种风格的舞蹈的最早来源，现在已无准确的记录（16 世纪时已经风行），在西班牙、法国、德国均有这种类似的舞蹈。

帅气的手风琴师：

再看这一位：

蒙面的小乐队：

男女老少都齐全的手风琴小乐队：

红冠、裙子、长靴的大叔：

这位大叔更是花枝招展：

还有一个组合，他们来自牛津的郊区，据说他们的节目，传承历史达300多年，最高可以追溯到1700年：

一点感慨：原来，英国的传统文化习俗，也一直在传承着。这种乡间舞蹈，既有预祝今年丰收之意，又能展示乡村生活之美好。这些演员不抱怨任何外界的不利因素（自备服装、道具，自己找空地演出），一天要换几个不同地点来表演，他们也不需要观众投币，其神态极富投入感、享受感，也洋溢着对自己家乡传统习俗的自豪感，这种精神非常值得敬佩。

九、英国庭院烧烤

周末之际，朋友以烧烤之名邀我小聚，甚是诱人，乃欣欣然而前往。

烧烤，在英文中称为 Barbeque，简称 BBQ，但于自家庭院之中烧烤，自然更令人向往。彼时正值英国 6 月底，夜幕甚晚。日近西山一杆之高时，已是晚上八九点钟矣。

备餐食，用竹签串牛肉、鸡肉、豆腐、蔬菜等。燃木炭，先用助燃的木炭包点燃四角，此时便腾起火苗，不久即可使木炭尽燃。

不一会儿，明火既熄，木炭转红，置食物于其上，并及时翻面再烤，渐呈焦黄，香味四溢。

食物既熟，再倾啤酒，举杯干了，趁热而餐，极美矣。再揽眼前庭院之美景，愈发心旷神怡，胃口大开：

其庭院之餐桌，纯木而无上漆，中部置杆，可接入伞盖遮阳或挡雨，极是简朴而便利。

餐之初，尽享美味并互搞笑。餐之中，乃互相推让，似呈饱态。餐之尾，仅食菜蔬，不再取肉，或仅饮酒水以作应答。此时置缶于其上，一边煲汤，一边海阔天空地聊天。

及至饱餐，四五人，围坐炉边。聊历史之沧海桑田，叹往昔民生之如牛如马，赞今日之多维进步，感时光之白驹过隙。或有人探人生之真谛，或有人慷慨陈述，或有人沉思蹙眉，或有人豁然开朗，或有人继续追索。

不觉中，红日西沉，碳火已熄，夜微凉。乃起身协助收拾整理，致谢主人美意，主客均视为人生之美好记忆。

余微醺，途中幸有美少年相扶，沿途之中之所言语，第二天已不记所云。

是以为记，以答谢余在英期间的朋友们的照顾和相伴。

十、英国酒吧（Pub）：冒充一回球迷

2018 年 7 月 11 日俄罗斯世界杯半决赛，英格兰对阵克罗地亚。作为足球的发源国，英国人对足球有一种与生俱来的热爱，“让大力神杯回家”绝对是万千英国球迷的期盼。素不看球赛的我，忽然产生一种冲动，想感受一下英国的足球氛围，决定要冒充球迷去最热闹的酒吧感受一下。

于是和几个朋友约了去街上的酒吧，到了才发现，离比赛开始前半小时，因为人多拥挤，很多酒吧已经限制进人了。

门口已经有安保人员把守，除非里面有人出来才能再进人，很多人便在外面排起了长队：

有些球迷脸上画了英格兰的旗帜，也有的披着旗帜，就在外面这样痴痴地等位置。

无奈只好去更远更偏僻的位置，结果还算是幸运，在汽车站附近，看到了这家：

点了一杯啤酒，赶紧抢了个位置坐下，里面的风格和气氛是这样的：

开场不到 10 分钟，英格兰定位球直接吊射入门，全场一片惊呼，好不热闹：

可惜，英格兰技不如人，最终被克罗地亚 2∶1 逆转。球迷在喊得声嘶力竭之后，只能黯然离开了。

原来有些担心的是，英国的球迷会不会在酒吧闹事，现在看来这种担心是多余的。为什么呢？因为在英国本土看球，观众都是英国本地人，或者是旅居在英国，多少跟英国有些感情的人，自然也没有对象可以去发泄怒火。

英国的酒吧（Pub）和中国酒吧差别较大。英国的酒吧和其他任何场所一样，是禁烟的。烟民们在比赛的中场去室外吞云吐雾，这样就保证了酒吧内的空气质量。

英国的酒吧，基本不供应烈性酒（Alcohol），即使喝酒，也是纯喝酒，没有饭菜。一般以啤酒（Beer）、葡萄酒（Wine）和果酒（Cider）为主，我还没见过喝得酩酊大醉，甚至在马路边吐酒或耍酒疯的现象。也听朋友说，如果是一个拿着半瓶烈酒在路上边喝边走的话，极可能被路人举报引来警察的问讯，因为你将可能是危害公共安全的危险分子。这就是英国醉鬼较少的原因吧。

总体而言，在英国的酒吧看球，气氛热烈但还算是较文明的，由于情况特殊，几乎每家酒吧都有警察在门口守护，可以感觉出来，应该对公共安全是极为重视的。这里给大家展示两位帅警察：

比赛已经结束，街道上依然能看到黯然神伤的少年球迷：

足球，是英国的国球，球迷甚多，这和中国人对乒乓球的迷恋差不多。他们的每所小学、中学都有足球场地和专职足球老师。国情不同，希望未来我们的乒乓球也一样从小学都可以普及吧（个人感觉乒乓球占地少，容纳人多，特别适合中国）。

十一、艾伟克树屋

树屋是什么？是大树里面掏洞形成的屋吗？还是搭在树上建成的小屋？我对树屋长什么样很好奇。前几天，有机会去英国其他城市看看。就在艾伟克城堡（Alnwick Castle）外，看到了传说中的树屋。

走近了才看清楚，所谓的树屋，就是依树而建，屋的底座是柱状的金属支撑物（见下图中的下部），以确保树屋的坚固性和安全性。而树依然可以正常生长，树干在屋中如立柱，树枝树叶为房屋遮阳避雨。

（一）依树而建、树在屋中

以木为材料。除了底座之外，全部用木料做成，从屋顶到走廊，包括桌椅板凳，扶手和栅栏，全部是自然的、原始的木料制成，而且不涂任何油漆。

（二）形状奇特、富有想象力

树屋顶部，除了上面的形状外，还有高高支撑的柱子：

还有做成如火箭般形状的，显得高低搭配、错落有致，非常富有想象力：

还有桥形的设计，游客走在上面晃晃悠悠，体现了动与静的结合：

附近的艾伟克庄园，就是拍摄哈利波特中魔术训练的取景点。而此处的树屋，亦体现出设计者和建造者的匠心独运。我们在看西方的一些魔幻片时，会惊叹其想象力之巨大、新颖。据我的观察，原因之一是在欧美国家，自然环境得到了最大限度的保留，这使得更多人群在亲近自然、观察自然中获得了丰富的灵感。

（三）在亲近自然中有经营

在树屋中，辟有酒吧，其价格比外面贵了近一倍。但能与家人、朋友一道，在此树荫之下，木屋之中，闲坐神侃，真的是人生的一大乐事。虽不至于经常有机会享受如此美景，但倘能来此消遣，也算得上是偷得浮生半日闲了。

十二、行走在坎特伯雷小镇

这个周末，牛津郡华人中心组织了去英国东南的坎特伯雷（Canterbury）参观。我想着能见见朋友，又能领略异域风情，就缴费报名参加了。

这个坎特伯雷，在英国是非常有地位的，又临近 Dover（中文译为多佛），著名的多佛海峡（英吉利海峡最狭窄的地方）就由此而来。

行走在坎特伯雷小镇，感受典雅与庄重的建筑，体会包容祥和的人文气息，领略秀美小桥流水、干净休闲的小镇之美，心有所感，便记录一些，与大家分享。

（一）保护的好

车子临近城区，可以看到这里一个被称为西城门（Westgate）的城堡建筑，上面有高高飘扬的国旗：

城市外围全是石头砌成的四米多高的城墙，据说这座城墙是罗马时代就建成的（罗马军队曾征服英国），后期不断修复才保留至今，遗憾的是我当时没有拍照。由于城市的扩张，不再需要原来的城堡式城墙，就在需要处开个豁口，但并不把整个城墙推倒。

作为补偿，我拍了一张该市大教堂外的大门，附带说明的是，正是由于细心的保护，坎特伯雷被列入联合国物质文化遗产保护名录。

（二）惬意的环境

在城区的外围，有清澈的小河流淌，这条小河紧依城墙，估计就是过去的护城河，河水极清，水中绿草清晰可见：

站在河边，看到清清的河水轻柔地带动着绿而软的水草，水草慢慢地飘动。凝视一阵，简直就像轻风拂着人的身体般柔软，又像暖流流过人心那么清亮。看来，说优美的环境让人心情愉悦，真的不是虚传。

沿着河道，政府出资修缮了花园式道路（Garden Walk），再配上古建筑，体现出人文和自然的极美组合：

还有巨大的梧桐，看着粗壮的树干，会让人不禁联想到生命或事业：只有根扎得深了，功夫下到了，才能有所谓树冠的繁华。

还有如下这样的草坪：

在英国，属于政府所有的草坪，并不限制人们进入，老百姓也非常自觉爱护草坪，不会乱丢果皮纸屑，而且也很少看到环卫工人。人们可以在草坪上野餐、聊天、晒太阳。

看着这样的环境，刚好也走累了，什么也不必顾忌，我直接躺在太阳下、草坪上，竟然香甜地睡了40分钟。

第五章

游子随想

一、苹果树、牛顿和当代

牛顿和苹果树是流传最广的一个科学发现故事。喜欢探索的牛顿，对于日月星辰为什么会有规律地运动始终百思不得其解。传说是在1665年秋，某日在家乡花园里冥思苦想，一个树上坠落在脚边的苹果触发了他的灵感，最终提出了万有引力的伟大理论。

来到英国后，慢慢发现，这里的苹果树太多了，而且往往是作为花园中的景观。我在牛津大学的St. Hughs学院的花园里，也发现了这样的苹果树：

这种苹果树结的苹果虽然可以吃，但苹果品相不太好，是属于消遣观赏的景观，仔细再看这棵树下面就会知道，苹果在哪里：

如果再往远处看，你会发现苹果树下，的确是个发呆、冥想、追问、发现的好地方：

当我看到这样的苹果树，不禁联想到牛顿所处的 17 世纪，出身于普通农民家庭的牛顿，从小聪明好学，喜欢摆弄各种机械装置，他以减费生的身份进入剑桥大学三一学院，年仅 26 岁就做了剑桥大学教授，一生为近代科学做出了奠基性的贡献，去世时受到国葬的待遇。

今天把牛津大学的苹果树周围的场景记录下来，就是在感慨：像英国这样寸土寸金的国家，却极奢侈地为大学保留了这样的空间和环境，他们过去有牛顿这样伟大的科学家，在当代，他们也有探索的人在大学里思考终极性问题。虽然他们不一定都会有当下的科学发现，但这种宁静和格局，就是一个曾经的帝国，思想领域璀璨多星的国家所拥有的境界。

二、从描述要理多长的头发来看中西方文化的微差异

周末得了空，忽然意识到自己的头发太长了，每天早上感觉乱蓬蓬的，决定要把自己这“鸡窝”去整理下，也顺便体验一下在国外理发的感受。

理发店虽然小，但收拾得很干净，老板是一位近 50 岁的中年男人。热情寒暄后，系上围裙，他就问：“你想剪多长的（How long）？”由于感觉在英国理发比较贵（13 镑左右），心想那就理短点，于是我回答“稍微短点”，老板有点迷茫，又问我：需要多短呢？我一下子回答不出来了，只好看着他的头发，说：“就和你的差不多吧。”这下他就明白了，开始推、剪、修各个环节忙起来。

在理发时，他在电动推子上套了一个塑料发卡，电动推子贴着人的头皮剪发，可以保持头发的长短一致。我对这个模具很感兴趣，一问才明白，原来他们就是靠这个“神器”来定头发的长短的。

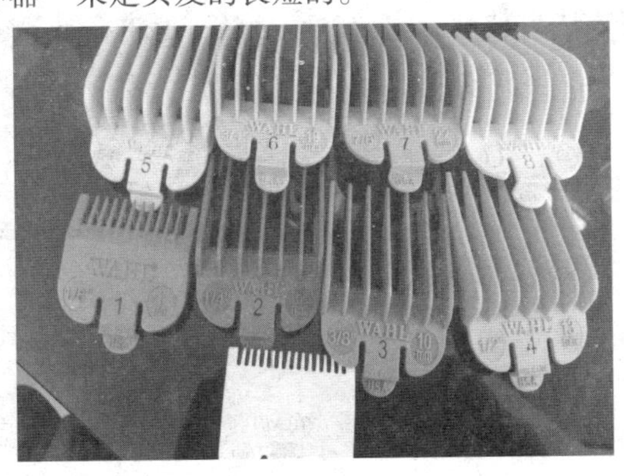

从1号到8号，头发越来越长，最下面的是0.5毫米，理出来的准是光头了。

老板特意告诉我，在英格兰，如果问你要理多长，你就报数字，比如你说是3号，他就套3号的发卡，理出来的就是10毫米长，这样沟通起来不费事，也不会造成误解。

联系我们生活片段，我整理了一下中西方表述的小区别：

问：请问你要理多长的头发?

答：请给我理5号长短（西方式）。

答：稍微短点就行（中国式）。

问："你什么时候过来呢?"

答："一个小时""45分钟"（西方式）。

答："我一会儿就到""马上就到""晚点就到"（中国式）。

问：做这个菜放多少调料啊?

答："35克糖""10克盐"（西方式）。

答：一把辣椒，一勺酱油（中国式）。

问：老师，你说我们的期末考试难吗?

答：一般是30%优秀，50%合格，20%挂科（西方式）。

答：会者不难（中国式）。

我想，这就是中国菜好吃但不统一，期末考试难度不大但闻者惊心的原因吧。

在我们国家，我们会常说"几天后见""改日再说"等模糊的词汇来表达在某些场合不好直说的词句，一方面是照顾被拒绝人的心情，一方面是维持双方关系。

而在英国、欧洲其他国家、美国等西方文化中，会尽量选择用相对数字化的语言来描述，使表达更精准，沟通没有分歧。追求标准、客观，从而在商业合作或者日常生活中减少分歧和误会。

小提示

我们习以为常的表述固然好，但是一定要分情况和对象。在某些场合约定时间、决定尺寸、商量重量时，应尽量采用数字化的方式来描述，这样，真的是你好，我好，大家都好。

三、参加英国战争纪念日活动的启示

上周日，有幸参加了当地的战争纪念日仪式，所看所闻，有不少值得我们反思和借鉴的地方，特以记之。

（一）战争纪念日的由来及惯例

1918 年 11 月 11 日 11 时，德国对英、法、美等国正式签署结束战争的文件，标志着第一次世界大战的正式结束。自 1919 年开始，英国将每年的 11 月 11 日定为纪念战争中伤亡的军人和平民的日子，开始称为 Remembrance Day，中文有多种称法，都是同一个意思，如“国殇纪念日”“阵亡将士纪念日”等，用来哀悼逝去的英灵和勉励当下的人民珍视和平与正义。

这项活动很快被法国和英联邦成员国所接受，在法国、新西兰以及其他英联邦国家则称为停战日（Armistice Day）。

在加拿大，数万人会在这一天聚在首都渥太华市的国家战争纪念址，为战争中不幸死亡的军人和平民祈祷。作为此纪念日的发起国，英国自然会特别隆重，从电视上看到英国女王和丈夫参加了在伦敦的纪念活动。

纪念日最具特色的符号，就是要佩戴虞美人花（Poppy Flower），一般人们只要参加正式的活动，都会佩戴这种红花黑蕊的虞美人花以示悼念，电视主持人也一样会佩戴。

为什么这种虞美人花被作为最佳的战争纪念物呢？

这要追溯到1915年最惨烈的拉锯战地区——比利时的法德兰斯地区（Flanders），当年5月，一位名叫John McCrae的加拿大军医目睹了自己亲密战友的死亡，葬礼过后不久，战友的新坟上绽放出当地所特有的、鲜红如血的虞美人花，为此他写了一首广为流传的诗歌《在法兰斯的战场上》，大意就是在这个战场上，虞美人迎风绽放，是烈士断魂的地方……这首诗歌一经发表，就成为当时最流行的诗作，一直被保留在现代的英联邦学生教材中。

战争结束后，一些女性志愿者在为英国退伍军人募款时，按照此诗的描绘，手工绘制了一些红色的虞美人花作为宣传，随后很快风行全国，成为纪念日的标志性物件。

当天寒风刺骨，牛津的志愿者在大街上分发宣传册和虞美人花：

（二）牛津纪念日的主要活动介绍

由于11月11日为周六，一些部门和单位可能会上班，一般周六当天的11点11分有两分钟的默哀时间，正式的纪念活动定在12日举行。

场面上，气势恢宏，各个代表团体均列队参加，包括退休军人、皇家军乐队、现役军、童子军、小学生团体、宗教团体。

这些士兵均佩戴了虞美人花：

首先是默哀2分钟，然后进行合唱，以表达对逝去的英雄们的眷恋、热爱和尊崇。然后各界代表讲话，接着就是祈福，最后是壮观的列队仪式。开头是威武的皇家乐队：

中间的是士兵、童子军的游行，游行队伍的最后就是老兵列队。顿时全场掌声雷动，向光荣的老兵队伍致敬：

最后，团体、个体向纪念碑献花，或者插上纪念物，以表达对英雄和家人的怀念：

每个十字架上均写了烈士的名字和家人的后缀：

（三）对我们的启示

在参加这一活动过程中，深深感到英国普通民众都是自发地表达对前辈先烈的尊敬。根据我的观察，有不少老人已经八九十岁，而且是自己坐公交车过来参加活动，可见其虔诚和庄重。

当天当地的温度已经是五六度，加上起风，不少人戴着头巾、手套，在风中伫立了近1个小时，其中还有不少的儿童。此情此景，令人感觉对战争悼念是辈辈相传：铭记英雄，追求和平，不忘国防的理念是深入人心的。

群众都自发地站立在广场前：

四、一个令人敬佩和羞愧的英国家庭战争档案

国家重殇 永生不忘

2018 年 12 月 13 日，是我们国家第 4 个国家公祭日，党和国家领导人亲临公祭现场，悼念死难民众、缅怀前辈英烈、慰问幸存者和遇难者亲属代表以及抗战国际友人亲属代表。

此文发布的时候，已经是 12 月 14 号，今天想自问并问各位读者的问题是：关于抗日战争，你知道的事实会有多少呢？除了教科书上的数字之外，真实的人物、事例又知道多少？

我今天要介绍的，是一位真实的英国家庭档案，其战争的记忆之深刻，档案记录之清晰，令人敬佩。

我刚接触的时候，看到这家进门处放了一个类似铁桶的东西：

刚看到的时候，有点纳闷，百思不得其解，感觉有点像咱们中国老年人冬天用的烤火盆，可又不太像，似乎有点过深且过小，这到底是什么？

后来问了主人才知道，它竟然是一发德国人制造的炮弹壳！而且是她的父亲在第一次世界大战期间直接从战场上带回来的。

原来以前的巨型炮弹就是这样的。我求得主人的允许后，拍摄了它的底座：

由于年代久远，上面依然清晰可见的是 1910，1 月（JAN），然后还有德文和炮弹编号，估计是造于 1910 年 1 月某公司出品（注意，当时“一战”尚未爆发，显然德国早就制造了这样破坏力巨大的炮弹）。

我大为惊奇，便向主人请求把她收集的所有德国炮弹壳展示给我，就是如下这样的：

这上面，显著标示生产日期是 1915 年（乃“一战”激战正酣时期制造）。

我很好奇地问主人：“您是军事迷吗？为什么要收集这些？”主人告诉我，她们家族永远都不会忘记战争，因为她的叔叔就是在“一战”中阵亡的，她的父亲也服役了 4 年。后面的这些炮弹壳，是她自己从市场上淘下来保存的，为了告诉自己的子孙，自己的家族有先辈曾为国捐躯。

这家的主人是一位已经 94 岁高龄的女士，她饶有兴致地把一本纪念父亲的集子借给我看。

一战典型的英国军装：

她的父亲写的战地日记，描述战争如何残酷和恐怖：

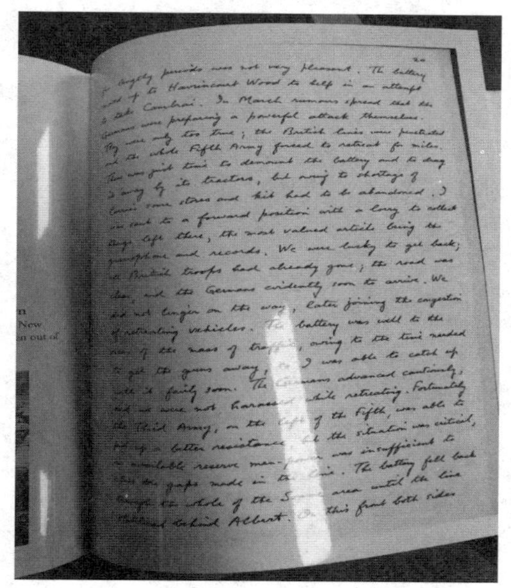

20

[illegible] period was not very pleasant. The battery
[illegible] to Havrincourt Wood to help in an attempt
[illegible] Cambrai. In March rumours spread that the
Germans were preparing a powerful attack themselves.
They were only too true; the British lines were [illegible]
and the whole Fifth Army forced to retreat for miles.
There was just time to dismount the battery and to drag
it away by its tractors, but owing to shortage of
[illegible] some stores and kit had to be abandoned. I
was sent to a forward position with a lorry to collect
things left there, the most valued article being the
gramophone and records. We were lucky to get back;
all British troops had already gone; the road was
clear, and the Germans evidently soon to arrive. We
did not linger on the way, later joining the congestion
of retreating vehicles. The battery was well to the
rear of the mass of traffic, owing to the time needed
to get the guns away, so I was able to catch up
with it fairly soon. The Germans advanced continuously,
and we were not harassed while retreating. Fortunately
the Third Army, on the left of the Fifth, was able to
put up a better resistance, but the situation was critical,
as available reserve man-power was insufficient to
[illegible] the gaps made in the line. The battery fell back
through the whole of the [illegible] area until the line
[illegible] behind Albert. On this front both sides

这家主人告诉我，她有时多少也有点沮丧，因为自己的儿孙，现在都不太想听她唠叨这些了。我让她不必在意，现在孩子们有自己的兴趣，但她还是依然坚持要找机会把战争的记忆说给子孙们听。

目睹了这些实物和纪念册，我真的很敬佩，也有些羞愧。

敬佩英国家族深入心底的战争记忆：

他们一个普通的家族，将对战争的记忆、亲人的事迹，通过实物，通过文字、照片记录下来，一代代传承下来。他们牢记战争，不忘国防，有着崇高的国家荣誉感。也正是因为这样，英国这样一个面积仅 24.4 万平方千米的岛国，却能有效抵抗德国的侵略和扩张，靠的不仅是枪、炮、飞机、舰艇，更是民众对国家的强烈荣誉感，保护其制度和利益的强烈愿望。

五、多维看抗战：参加伦敦、重庆大轰炸联合展览有感

4月30日，在牛津大学中国中心，参加了伦敦、重庆大轰炸联合展览的开幕式，久久不能平静，写点感想。

中国中心主任米德教授致开幕词，他对远道而来的并提供宝贵抗战资料的重庆图书馆的朋友们表示欢迎。

米德教授指出，之所以将伦敦和重庆两座城市，联合展出其被大轰炸的作品，就在于两座城市都是“二战”期间盟军的被德日法西斯轰炸的战时首都，通过展示这些宝贵的图片，以使人们铭记历史、牢记友谊、珍惜和平。这位年轻的米德教授是一位治学严谨的学者，他于2014年出版了《中国，被遗忘的盟友：西方人眼中的抗日战争全史》，在西方学术界引起了极大的轰动。该书挖掘了大量鲜为西方所知、为西方选择性遗忘的中国抗战资料，深受史学界的赞誉。

重庆图书馆的张波副馆长发表了演讲，他感谢牛津大学中国中心对此次联合展出的支持，并指出，重庆是“二战”时期盟军在远东战区的指挥中心，承受日本飞机的狂轰滥炸，重庆人民以坚韧不拔的毅力，承受了巨大的灾难，展示了中国人民顽强不屈的品格。

牛津大学中国中心聂洪萍博士发表了生动有趣的演讲。她介绍了中国教科书中关于抗战文本的演变，认为中国对抗战的表述越来越客观和全面，中国的抗日战争，不仅仅是区域性的对日战争，而是世界反法西斯战争的重要组成部分。

聂洪萍博士还结合抗战网络游戏，介绍了爱国主义的新载体，并对抗战题材被过于娱乐化、简单化表示担忧，希望学术界能更全面地复原中国抗战的全貌。

接着参观伦敦和重庆受德日法西斯轰炸时的图片。

伦敦大轰炸：

1940 年重庆的朝天门被日军轰炸：

虽有轰炸，在重庆的工人仍坚持上班生产，学校仍坚持开课。

听完专家的介绍，同时参观了珍贵的展览图片，让人深受启发：

第一，抗日战争的主体是多元的。抗战，除了国共两党外，还有许多民主党派，商户、资本家、地方武装、学校、普通家庭、少数民族地区等。中国人民的抗日战争，是一幅巨幅画卷，是求尊严、求生存的中国人集体的抗争史。

第二，抗战是多维的。中国抗战初期的连续失败，不仅仅是由某一个人来负责的问题，更多地要从综合国力、科技实力、装备水平、保障能力、战斗意志、军阀割据、政治态势等综合分析，这样才能较为公正地认识和评价战争的胜败。

第三，抗战不能被娱乐化。前几年，各种抗战剧泡沫式涌现，将严肃、艰苦、惨烈的抗战娱乐化。这些是极要不得的，会让我们后代误以为抗日战争，就这么轻松，这么好玩，极容易滋长狂妄自大心理，误国殃民。

六、莎士比亚故居走访与观感

威廉·莎士比亚（William Shakespeare），生于1564年4月，逝世于1616年4月，是英国文艺复兴时期的戏剧家、诗人，是全世界最为卓越的文学家之一。

TO THE READER.

This Figure, that thou here seest put,
It was for gentle Shakespeare cut;
Wherein the Graver had a strife
With Nature, to out-do the life:
O, could he but have drawn his wit
As well in brass, as he hath hit
His face; the Print would then surpass
All, that was ever writ in brass.
But, since he cannot, Reader, look,
Not on his Picture, but his Book.
Ben: Jonson.

（一）下车伊始：雕塑与莎翁剧作代表人物

在停车场下车不久，走到河（埃文河）边，便有一个小广场，有莎士比亚的塑像和他的四部作品里的人物。

俯视河景的莎士比亚雕像：

历史剧题材 *King Henry the Fourth* 中的 Henry 王子：

哲学题材 *Hamlet* 中的 Hamlet 王子：

喜剧题材剧 *The Merry Wives of Windsor* 中的 Falstaff：

（二）莎士比亚故居：古老的建筑

Stratford 镇是莎士比亚出生和逝世的地方，虽然他成名定居伦敦并奔走于国内主要大城市，但这里却是他最钟爱的故土。叶落归根，据我推测，Stratford 是莎士比亚非常喜欢的地方，他退休后即回到这里，一直到三年后去世，这里有他熟悉的一切记忆。

踏上莎士比亚故居所在的Henry小街，有许多类似这样的16世纪建造的木质结构的房屋：

我也曾咨询过，为什么这样的木料这么经久耐用（已经过了五六百年了），得到的回答如下：一是选用的木材是英国的橡木（Oak），二是进行了防腐防蛀处理。当然，更直接的原因是这里没有经历战火或者人为的破坏。

这里就是莎士比亚故居的院子大门，现在为了挣钱，亦开始实行门票制。

这是莎士比亚出生和小时候居住的房屋：

沿街上，各种酒馆（Pub）、茶馆、餐饮店林立，生活气息浓厚，给人提供了许多交流的机会，当年莎士比亚估计会在酒馆里跟各种社会阶层的人士聊天，这样才有了丰富的创作灵感和源泉。

下面照片中的是真人，看起来是个雕塑一动不动，等你走近时，他会忽然睁开眼睛做动作吓人一跳。他希望与游客合影拍照来挣取一天所需。

下图是莎士比亚就读的中学，亦是完整地保存下来的古建筑：

这里是莎士比亚剧院，莎翁的许多作品，都在这里演出过：

下图是当地的一个大教堂，在当时物质文明匮乏的时代，教堂尤为庄重肃穆：

(三) 自然景观：清而弯的小河

孔子说：智者乐水，仁者乐山。有水的地方，会有灵气，相信莎士比亚写作间隙，经常会在这里徜徉，从这样的景色中得到灵感：

有天鹅、斑头雁、野鸭、水鸟在水中徜徉：

上图中灰色的“大鹅”，其实就是“天鹅少年”，它小的时候毛色杂，有点像鸭子，长大后，毛色越来越单纯，变为纯白色。这就是安徒生童话里“丑小鸭”变天鹅故事的现实版本。

相信下图中垂柳发新芽的时候会更美：

在河边的长椅上坐一会儿，出神发呆一会儿，也不错：

最喜欢这种纯洁的小花，名叫 Snow drops。如向下垂落的雪花花瓣，感觉这个英文名字很形象：

还有这样的树葬，会让人感觉生命轮回，从自然中来仍回归大自然：

英国是严格保护野生动物的，而且似乎有点过了头。天鹅步履蹒跚，直接向游人索要食物，万一离开了人，估计这些动物自谋生活有些艰难：

（四）题外话：让中国文学也能走向世界

莎士比亚在全球的影响力是无与伦比的，但是细想下来，我们中国人很多只是了解了他的一点戏剧，尚且对之非常崇拜。回想起来，中国的四大古典名著，哪一部作品不是写得出神入化？遗憾的是，世界上其他民族对其了解得并不多。

个人认为，莎士比亚在全世界的声名远扬，既有个人天才与勤奋的因素，更重要的原因是，英国作为经历了文艺复兴后的资本主义工业化国家，以其强大的工业实力、军事实力成为全球霸主，使英语成为国际性语言，从而才使英国的诸如莎士比亚、狄更斯、哈代、奥斯汀等作家声名远扬。

如果有一天，我们国家科技、经济实力更强大，社会更文明，汉语在外国人那里更受欢迎，我们的曹雪芹、罗贯中、施耐庵、吴承恩等的故居难道不会吸引全球的外国人来参观吗？

七、马克思墓观感——写于马克思诞辰200周年

在我的童年记忆里，马克思只是一个令人敬畏的头像。每逢开大会时，主席台上都会悬挂巨幅的伟人画像，前面几个是外国人，排第一个的，就是络腮胡子的马克思了。

当时，对于马克思的印象，既尊敬又惶恐：尊敬是因为他是排第一的大人物，惶恐是因为外国人的模样看起来终究古怪。

到了中学，加入了共青团，知道了共产主义；在大学加入中国共产党后，这才完全清楚马克思是无产阶级的革命导师，共产主义思想的创立者。在中学课本里还有一篇记录马克思勤奋学习的课文，大意是：马克思在大英博物馆勤奋读书研究，把桌子下面的地都磨了两个脚印。还有恩格斯的那篇《在马克思墓前的讲话》，对马克思的理论贡献、光辉一生做了高度概括，这才对马克思有了更多的认识。

正因为心目中早有马克思的情结——要亲自去他待过的地方，领会他勤奋学习的精神，领悟些能跨越时间的元素。2018年刚好正值马克思诞辰200周年，而伦敦是马克思最后居住和安葬地，便决定去马克思的墓地——伦敦的海格特公墓（Highgate cemetery）去拜谒一番。

中文的海格特公墓是意译，只有亲自走着去 Highgate 公墓时，才会明白其名字的由来：其实就是在伦敦北部一处高地！沿途走的时候，不时地看到典型的教堂建筑：

经过长途步行，来到心目中的公墓所在地了：

公墓分为东西两个分区，西区是有更高社会地位的人的墓区，而当时马克思在英国属于无国籍人口，因此马克思墓自然是在东片区。

来到这里，你会发现马克思墓很好找，因为慕名而来瞻仰马克思墓的人很多，管理部门就在东区的门口设了一个指示牌（感觉这个陵园把马克思墓作为最重要的招牌了）：

交了 4 镑门票费，问管理员马克思墓的具体位置，管理员非常热情地介绍，并给了一个图示，在里面用红色字体标识马克思墓的具体位置（保守估计，这个公墓区至少有两三万墓穴、墓碑）。

进了公墓区才明白，找到马克思的墓根本不难。因为刚好赶上马克思诞辰 200 周年，直接跟着人群走就对了，而且此时来的人基本上都是为了吊唁马克思：

此时，我再一次感受到马克思的巨大魅力：诞辰 200 周年之际，仍吸引了世界各地的人们前来瞻仰。

也有不少人在马克思墓前留影作纪念的：

我环视四周，发现来瞻仰马克思墓的约 60% 是中国人。因为在世界上，中国是仍然高举马克思主义旗帜的社会主义国家。

也随机问了几个外国人，有西班牙人、意大利人、德国人，他们也都表示马克思是一位令人景仰、影响深远的世界级思想家。

墓前的鲜花、香烛都在诠释着这位影响深远的思想家的魅力。来个近照，以使墓碑上的字迹显示得更清楚：

墓碑上第一排金色的大字：“全世界无产者联合起来!”（是《资本论》序言中的话）。最后几行字来自《关于费尔巴哈的提纲》中的一句名言：“哲学家们都是以不同的方式解释世界，而问题在于改变世界。”

马克思是1883年去世的，当时的情况应该是非常窘迫（经常接受恩格斯的周济，恩格斯财务状况不好时共同受难）。我咨询过管理员才得知，现在这座大方的墓碑，是英国共产党设立基金会募集足够的资金后，才将马克思的遗骸移到此处的。

原初的马克思墓就显得非常普通甚至寒酸了，顺着地图，终于找到了 1883 年马克思下葬之墓（平放的一块墓碑）：

可以想象，1883 年，就是在这样一个极为平庸的墓地前，恩格斯发表了《在马克思墓前的讲话》，概括了马克思一生的两个伟大发现——唯物史观和剩余价值学说，极大地冲击了西方主流理论。

此墓上有块纸巾，上面用石头压着，写有文字。我把它展开了拍照：

为此，还专门请教了一位欧洲游客，他告诉我这是西班牙文，写的是：团结起来的人，是不可战胜的！

再远观马克思的墓，就会明白当时下葬时的寒酸：

一个揭露资本主义社会带来贫困和财富的两极分化，主张用公有制来取代私有制，为无产阶级解放而奋斗终身的人，在当时的历史条件下，却被自己的祖国驱逐出境，在英国过着颠沛流离、贫穷窘迫的生活，最终客死他乡。

马克思是崇高的，为无产阶级的解放而奉献了终身的热情和精力，进行了大量严肃的科学研究。虽然他的部分结论仍然具有争议，但在资本主义上升期，就科学分析资本主义的内在矛盾，并用矛盾和辩证观点来审视社会发展过程，且预见未来共产主义终将实现，这个功劳非马克思莫属。

我也知道，BBC 节目曾于 1999 年经广泛调查听众发现：马克思是百年以来影响人类社会的排名第一的思想家。到此墓地，颇为马克思“不戚戚于贫贱，不汲汲于富贵”的品质而震撼，虽受了物质的贫乏，但拥有伟大的探索精神，虽在世时一无所有，但死后两百年依旧让人久久怀念。

在马克思墓前的瞻仰，也算是对自己年少时的马克思情结有了个回应，有道是：

颠沛流离异国居，
笃定解放千秋计。
生活窘迫曾当衣，
逝去百载余音续。

八、刁蛮可爱俏黄蓉　香消玉殒翁美玲

翁美玲，在中国40岁以上的人里面，恐怕很少有人会说不知道。在物质条件极为简陋、黑白电视为高档奢饰品的20世纪80年代，1983年版的《射雕英雄传》在大陆播放（1984或1985年），万人空巷，郭靖、黄蓉形象红遍大江南北。翁美玲本色出演黄蓉，其冰雪聪明、刁蛮任性的形象征服了亿万观众，以至于有了“黄蓉≡（恒等于）翁美玲”的说法。

可也就是这位美貌女子，在1985年，因感情、事业等方面的不顺，在家里开煤气自杀，一代才女香消玉殒，令人扼腕！

前天去剑桥大学走访，意外知悉了翁美玲安葬在剑桥的城市墓地，便想顺便拜谒一次，了却一桩心愿。

翁美玲被安葬在剑桥城市公墓（Cambrige City Cemetry），离市区约有4千米的样子，由于时间仓促，我们在市中心打车前往。墓区就是这个样子的：

正在茫然之际，看到工作人员在里面剪草，于是赶紧去询问，而工作人员不等我说完，就很热情地告诉我芭芭拉（翁美玲）的墓，要走过远处一个高高的十字架，靠近角落处的一个黑色的墓碑就是。他还特意提醒，是个心型的墓碑。看来，到这里拜谒翁美玲墓地的中国人非常之多，所以工作人员一见到亚洲面孔的我们来墓地，已经知道我们是来专程拜谒翁美玲的。

按照指引，果然很顺利地见到了翁美玲墓：

墓前摆放了很多的鲜花，应该是影迷来探望时送的。另翁妈妈是 2017 年 1 月去世，享年 91 岁，母女安葬在一起。

墓前还摆放有翁美玲的画像，读者可自行感受其韶华：

墓前还有一个双手合十的小女孩雕塑，亦是一种祈祷吧：

为什么翁美玲会葬在剑桥呢？这个问题是我来英国后逐渐了解清楚的。翁美玲出生在香港（1959 年），在香港直到初中毕业，后来母亲嫁了一位英国人，不过这位继父不久就去世了，于是翁美玲便随母亲来到英国。翁美玲的母亲在剑桥开了家中餐馆，翁美玲在剑桥上了高中和大学，在高中期间还谈了恋爱（这位前男友是荷兰人，名叫 Rob Radboud）。

翁美玲是在香港自杀的，那时她已经成了香港乃至华人演艺界璀璨的新星。其出道是在大学期间，参加了英国华裔小姐选美大赛获亚军（1980 年）。1982 年，她假期去香港参加香港小姐竞选，因身材矮小落选，但适逢《射雕英雄传》剧组招演员，她被选中为最佳的黄蓉人选，从此一炮打响。可惜英年早逝，其母和舅舅都很伤心，决定将其骨灰运至剑桥安葬。